13 French Street

Illustration Frédéric Arditi

Gil Brewer

Photo : © The Gil Brewer Estate

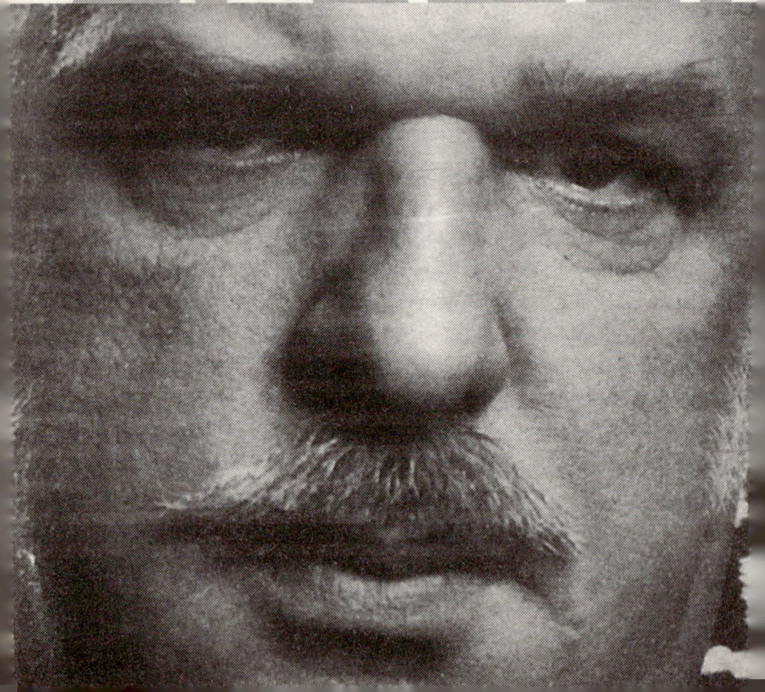

La vie de Gil Brewer aurait à elle seule pu faire l'objet d'un roman : l'enfance modeste et malheureuse, la guerre en France puis la démobilisation, les difficiles premières années d'écriture, la rencontre de son grand amour, les hautes ambitions littéraires délaissées au profit d'une production plus rémunératrice, et puis le succès avec *13 French Street*, inattendu, phénoménal, l'argent, les voyages, les voitures de luxe… Mais également l'alcool, toujours plus d'alcool, les pilules, la maladie, la convalescence, de nouveau la maladie, la folie, la ruine, et la mort.

Un homme qui brûla par les deux bouts une vie faite de fulgurances et de rencontres, telles celle, décevante, avec William Faulkner, son idole, ou encore celles, beaucoup plus productives, avec Harry Whittington, Day Keene dont il deviendra le disciple, ou Joe T. Shaw, l'agent qui lui ouvrira les portes de la prestigieuse collection Gold Medal et fera de lui l'égal des plus grands de l'époque : Charles Williams, Wade Miller, John D. Mac Donald…

S'il n'en est pas l'inventeur, Gil Brewer a largement contribué à populariser le mythe de la femme fatale dans le roman noir, ce qui lui a valu une réputation de misogyne. Lascive, séductrice, belle à se damner et plus chaude encore que l'air ambiant, elle incarne la tentation et son châtiment, car sa beauté n'a d'égal que sa cruauté et sa perversion entraîne à coup sûr le héros dans un état de dépendance coupable et brûlante. Dans *13 French Street*, Petra, véritable machine à dévorer les hommes, en est l'archétype même.
Les critiques s'accordent à considérer ce roman comme l'œuvre la plus aboutie de son auteur, et la plus représentative de l'univers brewerien. Misogyne ou pas, il s'est vendu à plusieurs millions d'exemplaires dans de très nombreux pays et a servi de modèle à quantité d'écrivains. Aucun roman noir n'aura jamais été aussi copié, imité, continué, sans jamais être égalé.

HARD CASE CRIME

GIL BREWER

13 French Street

Traduit de l'américain
par Sabine Boulongne

100% NOIR

J'AI LU

HARD CASE CRIME

Collection dirigée
par Thibaud ELIROFF

Titre original :
13 FRENCH
STREET

Chapitre premier

Les lettres de Petra auraient dû me mettre la puce à l'oreille. Ces lettres étranges, charmantes, rédigées à l'encre violette, d'une main hardie sur du papier vert pâle parfumé, glissées dans des enveloppes assorties. N'importe qui se serait tenu sur ses gardes. Sans parler de la maison. Dès l'instant où j'ai franchi le seuil du 13 French Street, j'ai senti que quelque chose n'allait pas – quelque chose de tout à fait indéfinissable. Mais elle avait refermé la porte avant même que j'aie eu le temps de déguerpir. Alors c'était déjà trop tard. Seulement j'aurais quand même mieux fait de prendre mes jambes à mon cou…

« Alex, vous voilà ! »

J'ai hoché la tête sans répondre. Elle s'est adossée contre la porte, une main posée sur le bouton tandis que l'autre jouait avec le profond décolleté en V de sa robe noire.

Le long et vaste vestibule était plongé dans la pénombre malgré les quelques lueurs du crépuscule qui s'infiltraient encore dans la maison en ce début d'automne. Le bruissement paresseux des feuilles virevoltant sur la véranda continuait de m'emplir les oreilles. L'odeur âcre d'un feu de campagne avait pénétré à l'intérieur à ma suite. Je revoyais le clignotement rougeoyant des feux arrière du taxi quand il avait tourné l'angle de la rue, me laissant seul au bas de l'allée dallée menant à la grande bâtisse carrée en briques rouges. La maison de Verne Lawrence, 13 French Street.

Oui, déjà je sentais la panique m'envahir. Comme le signe avant-coureur d'un drame inéluctable.

« Alex Bland.

— C'est ça, et vous êtes Petra.

— Déçu ? » m'a-t-elle demandé en souriant.

J'ai deviné le rouge intense de ses lèvres devenu presque noir dans l'obscurité. Sa main droite a abandonné le bouton de la porte et je m'en suis saisi. Plus qu'une poignée de main, c'était une étreinte. Non, davantage encore. Un geste de connivence entre elle et moi.

« Où est Verne ? »

Ignorant ma question, elle m'a lâché la main et s'est rapprochée imperceptiblement de moi. Un parfum discret émanait d'elle. Je me suis souvenu de ses lettres et j'ai reconnu cette odeur que j'avais respirée au moins une fois par semaine depuis trois ans.

« Comme c'est bizarre, a-t-elle dit. Je ne vous avais jamais vu, à part sur la photo où Verne et vous posez en uniforme. Celle que vous vous étiez fait faire à Paris. Comme votre visage était dans l'ombre, j'étais persuadée que vous aviez les cheveux bruns. Et voilà que vous êtes blond comme les blés. Et ces yeux gris… » Elle s'est interrompue, a secoué doucement la tête. « Et vous avez l'air plus grand aussi. Je parie… Enfin bref. Peu importe, Alex. Vous êtes tout à fait comme je l'espérais – sinon mieux. » Elle a souri. « Laissez-moi vous débarrasser de votre manteau. »

Puis elle m'a aidé à me défaire de mon vêtement, l'a gardé en mains un instant, puis l'a laissé tomber en tas sur une chaise. Je n'avais pas bougé de derrière mes deux valises ; l'une d'elles m'effleurait la jambe et le contact du cuir avait quelque chose de rassurant, comme le sable de la plage quand on est allé nager au large. Nous nous sommes examinés encore un instant. D'un air satisfait. Mon séjour s'annonçait bien, au moins de ce point de vue-là.

Elle était grande, élancée, avec quelque chose de provocant. Toute en noir. Noir comme ses cheveux longs qui tombaient en masse sur ses épaules. Des yeux de braise, semblables à deux immenses pupilles. Une peau très blanche. Des sourcils sombres, légèrement arqués, qui lui donnaient un air plus effronté encore. Des jambes interminables, une poitrine arrogante soulignée par un décolleté plongeant. Tellement plongeant ! Petra était une femme incroyablement désirable.

« Eh bien, Alex. À quoi vous attendiez-vous ? Nous nous connaissons déjà, d'une certaine manière. Bien sûr pas... »

Elle ne pouvait pas savoir que j'avais cru trouver une maison blanche avec une palissade bien entretenue, ni que je l'avais toujours imaginée dans une petite robe de coton, en train d'arroser ses fleurs. Bon sang, il n'y avait même pas de fleurs !

« Verne a toujours su cueillir les plus belles, ai-je déclaré.

— Ah oui ?

— Cette fois-ci, il s'est surpassé. Au fait, où est-il ? »

Sa voix jusque-là calme, pleine, caressante a brusquement changé d'intonation, perdant sa chaleur, son entrain. « Verne ? Il est en haut. Il va descendre. Pourquoi ne pas nous avoir prévenus ? Nous serions allés vous chercher à la gare.

— Je croyais que vous aimiez les surprises.

— Vous ne me surprenez pas, Alex. Je l'ai toujours su.

— Su quoi ? »

Elle a souri. Quelqu'un a traversé le bout du couloir à pas feutrés. Je me suis retourné sur un escalier menant à l'étage. Quelque chose qui ressemblait à un châle blanc a disparu dans l'embrasure d'une porte au pied des marches.

Une lueur métallique a surgi dans le regard de Petra, puis s'est dissipée. « Mère, a-t-elle fait en guise d'explication.

— La vôtre ?

— Celle de mon mari. »

Je me demandais combien de temps encore tout cela allait durer. Quelque chose ne tournait pas rond : plus qu'une impression, c'était une certitude. Mais quoi ?

« Combien de temps restez-vous ?

— J'ai pris une semaine. »

Elle m'a souri. Chaque fois qu'elle le faisait, c'était comme ce geste de complicité subtile entre sa main et la mienne. Son sourire semblait dire : « Pour le reste, on verra. » Et elle savait pertinemment que je la comprenais. Mais je ne m'en souciais pas vraiment. Pas encore.

Tout de même, son comportement avait quelque chose d'étrange. À vrai dire, je m'étais attendu à être reçu par Verne, avec une tape dans le dos et une bonne bouteille, tandis que Petra aurait poussé des oh ! et des ah ! J'étais vraiment loin du compte. Cet accueil ne ressemblait à rien ; et pourtant c'était on ne peut plus réel.

« Alex, j'ai l'impression de tellement bien vous connaître.

— Moi aussi », ai-je répliqué en risquant un sourire.

De toute évidence, quand elle ouvrait la bouche, il fallait s'attendre à tout.

... Verne serait si content de vous voir. Cela fait déjà cinq ans et il parle toujours du bon vieux temps. Il écrit rarement, Alex, aussi me laisse-t-il le soin de maintenir le contact jusqu'à ce que vous veniez nous rendre visite. Il dit que vous avez toujours été un bourreau de travail et que votre malheur, c'est d'être trop honnête. Il dit aussi qu'aujourd'hui un homme comme vous n'a aucune chance de réussir. Je sais que vous ne m'en voudrez pas d'être aussi directe avec vous. Mais enfin, Alex, oubliez donc ce musée pendant quelque temps. Venez vous amu-

ser un peu. J'ai le sentiment que nous sommes déjà si proches. Voilà trois ans que nous correspondons, Alex...

Des pages. Des pages et des pages à la fois. Comme si elle n'avait rien d'autre à faire dans la vie que de m'écrire. À moi, archéologue sans rien à explorer et sans personne pour s'intéresser à ses recherches – un rêveur. Et voilà qu'un riche mécène de Chicago avait eu le bon sens et la volonté de m'aider à réaliser mon rêve : un musée de l'avenir qui supplanterait tous les autres musées. Il me faudrait des années, probablement une vie entière, mais c'était mon unique but désormais.

... Aussi je vous le dis encore, venez donc passer quelque temps avec nous ici, à Allayne. Nous avons une jolie maison, juste en dehors de la ville, à deux kilomètres à peine. Un calme absolu. Alex, vraiment. Je ne vous laisserai pas tranquille tant que vous n'aurez pas dit oui.

C'était plutôt tentant. Mais il y avait le musée, et puis Madge. Nous n'étions pas encore fiancés mais le mariage ne tarderait pas. Certes, j'avais envie de vacances. Après tout, pourquoi pas ? J'avais finalement décidé de leur faire la surprise et d'attendre d'être à la gare pour leur annoncer mon arrivée. Et voilà !

Une semaine à peine après avoir quitté l'armée, Verne Lawrence s'était marié. Je recevais de ses nouvelles de temps en temps et nous avions même projeté de nous revoir à mon retour du Yucatán où j'avais entrepris des fouilles. Mais à propos de sa jeune épouse, il restait évasif, se contentait de me dire qu'elle était très belle et qu'ils étaient très heureux. Au bout de deux ans environ, il avait cessé de m'écrire ; Petra avait pris la relève. Puis j'étais retourné à Chicago et à mon rêve.

J'étais impatient de revoir Verne. Nous avions été très proches et c'était un type bien – et un soldat hors pair. Il avait une dizaine d'années de moins que moi – la quarantaine. Je me demandais s'il avait changé.

J'avais projeté de passer une semaine avec eux. À flâner, à causer avec Verne pendant que Petra nous préparerait des cocktails ou nous ouvrirait des cannettes de bière. Au diable le musée et tout le reste – temporairement du moins. « Mais bien sûr, vas-y, Alex, m'avait poussé Madge. Ça te fera du bien. Tu travailles trop. Et puis quand tu reviendras, peut-être que... »

À présent j'y étais, et j'avais déjà envie de partir en courant.

« Voilà Verne. »

En me retournant vers l'escalier, j'ai senti sa main sur mon bras, la pression de ses doigts, une seule fois. Non pas indécise mais ferme, résolue. Puis le contact a été rompu. Consterné, j'ai regardé mon vieux compagnon d'armes s'avancer vers nous.

Il avait l'air d'un mort vivant.

Chapitre deux

« Alex ! Vieux farceur !

— Verne ! En voilà une façon de... » a commencé Petra.

Verne l'a ignorée, n'a même pas pris la peine de tourner la tête vers elle. « Pardonne-moi de t'avoir fait attendre, vieux. J'avais une de ces migraines. J'essayais de... Bon sang ! Tu n'as pas changé !

— Ça fait plaisir de te voir, Verne. »

Poignée de main, paumes tendues, en haut, en bas. Une bonne tape dans le dos. J'étais bouleversé. L'a-t-il deviné ? Je ne le saurai jamais. Verne Lawrence n'était plus qu'une loque, l'ombre de lui-même. Un vieillard faisant des efforts démesurés pour contenir sa bedaine, bombant le torse en ébauchant un sourire qui semblait lui coûter terriblement.

« Tu as fait la connaissance de ma femme ? » a-t-il demandé sans la regarder.

Je me suis efforcé à mon tour de sourire « Veinard ! Elle est exactement ce que je...

— Ouais, ouais. Je sais. »

Je n'en pouvais déjà plus et ne pensais qu'à une chose : décamper.

Il avait des yeux de chien battu. Ses cheveux jadis blonds étaient d'un gris sale, terne. Des rides sillonnaient son front, sa bouche tombait aux commissures des lèvres, même s'il tentait du mieux qu'il pouvait de faire bonne figure. Un cou amaigri, plissé, émergeait de son col trop large. Son veston de tweed flottait autour de lui comme de la toile tendue sur un manche à balai, pareil à ces épouvantails qu'on voit dans les champs balayés par les vents d'hiver.

Lui qui avait été autrefois un bel homme bien bâti, aux épaules d'athlète, au torse imposant, au visage éclatant de santé. Son teint terreux faisait songer à du blanc de poulet desséché par un soleil trop ardent.

Tout cela en cinq ans...

« Tu aurais dû me laisser venir te chercher à la gare.

— J'avais déjà dégoté un taxi.

— Combien de temps restes-tu ?

— Une semaine.

— Et tu appelles ça des vacances ?

— Je ne pouvais pas faire mieux. »

Elle s'était postée derrière lui et me dévisageait par-dessus son épaule. Me fixant d'un regard lourd, obstiné, elle s'est passé la langue sur les lèvres.

« Cinq ans, a repris Verne. Cinq ans... » Il a secoué la tête en enfouissant les mains dans les poches de sa veste. Puis l'une d'elles a ressurgi et il s'est mis à tirer sur sa lèvre inférieure. « Tu dois être fatigué. Ta chambre t'attend. Jenny a fait le nécessaire. »

J'ai failli lui dire que je me sentais en pleine forme. Mais c'était lui qui n'en pouvait plus. Il n'en pouvait plus de ma présence. Il en avait déjà assez, tout comme moi.

« Suis-moi. Je vais te montrer. Prends une douche. Change-toi. Tu te sentiras tout de suite mieux. Viens, je vais t'y conduire.

— Oui, c'est ça », a marmonné Petra en me gratifiant d'un sourire par-dessus l'épaule de son mari.

Ma chambre n'était pas mal. Mieux que ça, même. C'était une pièce d'angle, à gauche de la façade. De grandes fenêtres laissaient entrer les lueurs tardives du crépuscule. Il soufflait une petite brise douce et j'en conclus que nous aurions sans doute de la chaleur dans les jours à venir. Cela me changerait de Chicago.

Un lit confortable. Deux chaises, un bureau, une bibliothèque remplie de livres flambant neufs aux couvertures criardes. Une salle de bains bleue, luisante de propreté.

Voilà comment on retrouvait les vieux copains d'armée. Enfin, ce qu'il en restait.

Je suis allé m'accouder à l'une des fenêtres. Des champs, des arbres, des collines à perte de vue et, au loin, la petite ville d'Allayne. Je distinguais la route se faufilant entre les collines avant de plonger au cœur de l'agglomération. Dans le jour finissant, le paysage était bariolé. La nuit s'empara du ciel, presque sous mes yeux, lui enfonçant sa couverture noire entre les dents. Le vent était tombé. Tout était parfaitement silencieux, à croire que le soir retenait son souffle.

Au prix d'un effort tel que j'en étais gêné, Verne m'avait aidé à porter la plus petite de mes deux valises. J'aurais très bien pu la monter moi-même, mais je ne voulais pas le vexer.

Peu après, je m'étais mis à arpenter ma chambre en me frictionnant les tempes. Comment avais-je pu me fourrer dans un tel guêpier ?

Petra. Quelle femme ! Peut-être que...

Mais je ne voulais pas penser à elle. À ce moment-là, j'étais encore loin de comprendre pourquoi...

Tandis que je déballais mes affaires sur le lit, j'ai entendu un léger sifflement, suivi d'une petite voix.

« Bonjour. Je m'appelle Jenny. »

Je me suis retourné vers la porte que j'avais laissée entrouverte. Jenny avait des joues rondes comme des pommes, une flamboyante chevelure poil de carotte, un nez légèrement retroussé, des yeux bleus francs et brillants et une de ces bouches toujours prêtes à sourire mais indécises malgré tout. Elle était habillée de blanc, avec un tablier et une minuscule coiffe amidonnée. Les mains dans les poches de son tablier, elle s'est adossée au chambranle de la porte. Tout de suite, elle m'a été sympathique.

« Mme Lawrence m'a chargée de vous dire que le dîner serait servi à six heures et demie.

— Merci, Jenny.

— Je vous en prie. C'est normal. Vous êtes monsieur Bland, de Chicago, n'est-ce pas ?

— Exactement, ai-je répondu en m'asseyant sur le lit.

— J'ai souvent entendu mentionner votre nom ici. »

Elle a souri et son visage s'est illuminé, métamorphosé par ce sourire pourtant timide, incertain. Un sourire pour lequel les agences de mannequins n'auraient pas hésité à crever leur budget.

« Vous travaillez ici depuis longtemps ? me suis-je enquis.

— Six mois.

— Ah !

— Je vous en prie. Vous pouvez me poser toutes les questions que vous voulez.

— C'est gentil. Merci. »

Elle s'est éclairci la gorge. « Vous avez tout ce qu'il vous faut comme serviettes ou autres ?

— Oui, je pense.

— Très bien. »

Nous nous sommes regardés en silence. Elle avait envie de me dire quelque chose – je l'ai lu dans ses yeux. Mais elle se retenait et je n'ai rien appris de plus. Quelqu'un montait l'escalier.

« Jenny ! » a-t-on appelé du bout du couloir.

C'était Petra.

La jeune fille m'a adressé un clin d'œil avant de sortir en refermant la porte. Mais elle l'a rouverte aussitôt et, passant la tête dans l'embrasure, m'a glissé : « Vous feriez bien de fermer à clé, monsieur Bland. »

Elle s'est éclipsée et le silence est revenu.

Je me suis demandé si cet avertissement était le motif de sa visite. Auquel cas, le moins que l'on puisse dire, c'est que ce n'était pas clair.

À coup sûr, il y avait de l'eau dans le gaz entre Verne et sa femme. De quoi s'agissait-il véritablement, je n'en avais pas la moindre idée. Petra était d'une beauté saisissante. Je suis resté assis sur le lit à ruminer tout ça, pour en arriver finalement à une seule conclusion : elle était vraiment très, très belle.

Jenny, c'était la bonne. Pas la cuisinière. Ce qui sous-entendait qu'il devait y avoir aussi une cuisinière. Et la mère de Verne. J'avais carrément oublié de m'informer de sa santé auprès de celui-ci.

Mes fameuses vacances prenaient une tournure singulière. Je suis du genre ordonné. Si je pose mon rasoir à un endroit précis sur une étagère, j'aime bien le retrouver là quand j'ai à nouveau besoin de m'en servir. Voilà ce qui arrive quand on mène une existence de vieux garçon.

Du coup, je me suis mis à penser à Madge. Comme il y avait du papier sur le bureau, j'ai attrapé mon stylo pour rédiger une lettre décrivant une situation idyllique inventée de toutes pièces. Cela non plus, ça n'allait pas, parce que je n'ai rien contre les pieux mensonges, mais les autres, je les ai en horreur. Et celui-ci ne serait pas facile à digérer. J'ai ajouté que j'avais envie d'être avec elle, et la vérité de ces mots m'a réconforté.

Pourtant dès que j'ai eu fermé l'enveloppe, Petra est revenue me hanter. J'ai glissé la lettre sous le buvard et suis allé me raser dans la salle de bains. Je n'arrêtais pas de penser à Petra. Quel pouvait être son nom de jeune fille ?

J'ai dû me mettre à siffler pour oublier sa chevelure d'ébène, la caresse de son regard posé sur moi. Je finissais de me raser lorsque je me suis soudain rendu compte que l'air qui sortait d'entre mes lèvres n'était autre que *La Danse macabre* !

On venait de gratter à ma porte.

« Oui, oui, j'arrive, me suis-je écrié quand j'ai vu la porte s'ouvrir.

— C'est encore moi, Jenny... Mme Lawrence vous recommande de ne pas vous habiller pour le dîner. »

Elle avait déjà disparu. J'ai pris une douche rapide, enfilé un pantalon de flanelle grise et une chemise blanche. Je me sentais en pleine forme, tout ragaillardi. En arrivant au bas de l'escalier, j'ai jeté par hasard un coup d'œil au premier : une vieille femme enveloppée dans un châle blanc, penchée par-dessus la rampe, me regardait fixement. J'ai poursuivi mon chemin comme si de rien n'était et ouvert la porte d'entrée donnant sur la véranda. Des feuilles tournoyaient sur le seuil, autour de mes pieds. Les lumières des maisons voisines clignotaient entre les branches ; Verne n'habitait pas un coin si retiré. On distinguait même les lueurs des réverbères qui se reflétaient sur les trottoirs. Je suis resté sur le pas de la porte. Pas un bruit ne sortait de la maison, qu'on aurait pu croire vide.

Une voiture est passée sur la route, radio en marche. La musique s'est un peu attardée dans la nuit. Puis de nouveau le silence. Une vache a meuglé au loin. Il ne faisait pas froid du tout ; l'air était doux et tranquille.

Au moment où je m'apprêtais à rentrer, j'ai senti son parfum. Presque invisible dans la pénombre du crépuscule, elle n'a pas bronché. Je me suis immobilisé, attentif. Malgré l'obscurité, j'ai remarqué la pâleur de son visage, l'éclat de ses yeux, de son regard.

« Vous allez vous plaire ici, n'est-ce pas, Alex ?

— Beaucoup. C'est très agréable.

— Alex, si… si Verne vous semble un peu bizarre, je vous en prie, excusez-le. La malchance le poursuit. Les affaires, vous savez. Il est très embarrassé parce qu'il ne sait pas comment vous dire qu'il n'aura pas beaucoup de temps à vous accorder. Avec les problèmes qu'il a en ce moment, il est hors de question qu'il prenne une semaine de vacances.

— Je vois. Ce n'est pas grave. »

Sa main a effleuré mon bras. Sa voix était aussi douce que la brise du soir. « C'est ce que j'ai dit à Verne. Ne vous inquiétez pas. Avec moi, vous ne vous ennuierez pas. Nous avons des tas de choses à nous dire. Et les distractions ne manqueront pas, croyez-moi. »

Je me suis efforcé de paraître enthousiaste, mais mon appréhension venait encore de grimper d'un cran. « Parfait. C'est très bien comme ça. Je suis sûr que nous…

— Moi aussi, Alex. Venez, le dîner est servi. Et surtout, ne faites aucune allusion à ce que je vous ai dit sur Verne. »

Nous étions déjà des conspirateurs. J'ai frôlé par inadvertance son épaule nue, tiède. Elle portait une robe sans bretelles. J'ai écarté ma main en frémissant.

« Ne vous faites pas de souci, lui ai-je dit. Peut-être qu'en lui parlant j'arriverai à lui remonter le moral.

— Je n'ai aucune raison de m'en faire, Alex. »

J'ai toujours trouvé qu'il y avait quelque chose de singulier dans l'obscurité d'une maison – une grande maison –, d'un corridor, quand la nuit tombe, à l'automne. Une étrange sensation m'a envahi dans cette pénombre, qu'accentuait la lumière artificielle régnant dans les autres pièces – quelque chose d'inexplicablement troublant. Peut-être est-ce un sentiment courant ? Quoi qu'il en soit, c'est ce que j'éprouvais en cet instant. Et elle l'avait senti. Nous sommes demeurés immobiles, comme pétrifiés, et la panique qui m'avait gagné n'a fait que s'accroître.

Sa voix s'était réduite à un murmure, un souffle de comploteur. « Quant à la mère de Verne, ne faites pas attention à elle, elle est pratiquement sourde. »

J'ai acquiescé, non sans me maudire de chuchoter à mon tour.

Elle m'a pris le bras avec désinvolture. « Allons, venez, Alex. Je meurs de faim. Vous aussi, je parie. Personne ne mange dans cette maison, sauf moi. Ils sont tous… »

Elle s'est interrompue. Tandis que nous marchions côte à côte, j'étais conscient de chacun de ses mouvements, de sa grâce naturelle.

Ils sont tous quoi ? me suis-je demandé. Il y avait quelque chose de tellement mystérieux chez cette femme. En dépit de tous mes efforts, je me sentais céder peu à peu à l'envoûtement. Et dès cet instant, j'ai commencé à lutter pour le conjurer.

Le dîner fut une véritable veillée funèbre. Nous sommes restés assis trois quarts d'heure devant un rôti de bœuf saignant. J'ai fait la connaissance de la mère de Verne. Pas de doute. Il y avait bien trois macchabées à cette table : la vieille, Verne et le rôti de bœuf. Petra et moi étions assis l'un en face de l'autre. Effectivement, elle fut bien la seule à avoir de l'appétit. Je mourais de faim au moment de nous mettre à table, mais quelques minutes avaient suffi à me faire passer toute envie de manger.

La mère de Verne. À l'évidence, elle n'était plus de la première jeunesse lorsqu'elle l'avait mis au monde.

Elle était très vieille à présent, semblable à un lierre desséché, rabougri, se cramponnant obstinément à un pan de muraille. À première vue, on le croit mort, et puis soudain on découvre, tout en haut, une minuscule feuille verte. D'une façon ou d'une autre la sève coule encore dans ses tiges, si faiblement que ce soit.

Dans les veines de cette vieille femme, il ne devait plus en couler beaucoup. Elle portait une robe grise, boutonnée jusqu'au cou, à l'instar de ces anciennes tuniques de l'armée pendant la Première Guerre mondiale ; une broche en brillants fermait le col. Un petit sautoir en perles accentuait la maigreur de sa gorge. Elle avait un visage menu, ratatiné et sournois. Ses yeux brillaient d'un éclat intense telles ces mèches à combustion lente des pétards du 4 Juillet. Bientôt, ces yeux-là seraient réduits en cendres. Je me suis demandé si elle parviendrait à mettre le feu aux poudres, comme elle semblait être décidée à le faire.

Sa robe était longue, avec des manches étroites ; une fleur de dentelle blanche ornait son poignet. De fait, elle était plus que dure d'oreille, et après m'avoir adressé un vague signe de tête lorsqu'on nous a présentés – ou plutôt qu'on lui a crié mon nom –, elle n'a pas pipé mot de tout le repas.

Petra la détestait. Je l'ai vu au premier coup d'œil. De temps à autre, elle la foudroyait du regard, sous celui non moins meurtrier de Verne.

« Elle a peur d'aller à l'hospice, m'a expliqué ce dernier. Elle est sûre qu'on la tuerait. Je ne sais pas d'où elle sort ça. Au fond, c'est aussi bien qu'elle reste ici. Elle n'en a plus pour longtemps de toute façon.

— Elle nous enterrera tous », a rétorqué Petra en coupant un morceau de viande, avant de le tremper dans la sauce et de le porter tranquillement à sa bouche. « Elle prend trop de place ici. Elle est malheureuse comme la pluie et n'a plus rien à attendre de la vie.

— Tu l'emmènes se promener en voiture, a objecté Verne.

— Oui, c'est follement amusant. »

Elle s'est tue et a repris sa mastication. La vieille s'amusait avec le contenu de son assiette, persuadée de manger alors qu'elle ne faisait que jouer. Verne buvait de l'eau. En pliant ma serviette, j'ai revu les feux arrière du taxi qui m'avait conduit jusqu'ici, dans ce pétrin.

« Tu as sans doute remarqué que j'ai une mine épouvantable ? » m'a soudain lancé Verne.

Son regard a croisé le mien avant d'aller se perdre au loin. Petra m'observait. Ses épaules, sa gorge semblaient si douces, si tendres.

« Un peu de fatigue, sans doute, ai-je répondu en secouant la tête.

— Non. J'ai une mine de déterré, Alex. C'est l'enfer. Mes affaires vont très mal. En plus le gouvernement s'en mêle ; il fait main basse sur tous les matériaux de construction. On n'arrive plus à s'approvisionner. Il faut sans cesse être là de peur de tout perdre.

— De quoi t'occupes-tu ?

— De projets de construction sur Long Island. Il faut que je parte demain, Alex. Je ne sais pas quand je serai de retour. Désolé. Impossible de faire autrement. C'est la plus grosse affaire que j'aie jamais eu à traiter et elle est sur le point de me filer entre les doigts. Je suis obligé de mettre tout ce que j'ai en jeu. Et crois-moi, il y avait de quoi s'assurer – nous assurer – un bel avenir. »

Petra avait les yeux rivés sur moi. Une moue de dédain flottait sur ses lèvres. L'intensité de son regard noir m'a troublé. « Il s'angoisse beaucoup, a-t-elle déclaré.

— Je n'ai jamais été angoissé de ma vie ! a répliqué Verne d'un ton acerbe. Excuse-moi, a-t-il ajouté à mon adresse. Allons boire un verre au salon.

— Es-tu sûr que tu ne bois pas un peu trop en ce moment, mon chéri ? »

Verne s'est levé, ignorant sa remarque.

La vieille s'efforçait de porter à sa bouche sa fourchette pleine de salade de chou, quand elle a brusquement éclaté de rire. On aurait dit un bruissement de feuilles desséchées plaquées par le vent contre le carreau d'une fenêtre.

Verne l'a considérée avec consternation. Petra a jeté un regard furieux à son mari, puis a tourné un œil amusé vers moi.

« Allez viens », a repris Verne. Il s'était déjà levé et contournait la table. « Nous prendrons le café à côté.

— Très bien. Bonne idée. »

Petra ne m'avait pas quitté des yeux. Nous nous sommes levés ensemble, mon regard rivé au sien. Dès que j'ai pu m'en détacher, je me suis senti enfin libéré. Mais l'étrange sensation de panique avait encore grandi en moi.

Verne a traversé une alcôve pour passer dans une petite pièce donnant sur le salon. Tandis que je lui emboîtais le pas, Petra m'a touché le bras. De l'autre côté du couloir, la pièce s'est illuminée d'une clarté douce, couleur safran, lentement, comme une scène de théâtre.

« Tu viens, Alex ? m'a crié Verne.

— J'arrive. »

Petra s'est penchée vers moi ; j'ai senti son souffle tiède contre ma joue, auquel se mêlait l'odeur subtile de son parfum – du jasmin peut-être. « Tâchez de le réconforter, Alex », m'a-t-elle chuchoté à l'oreille.

Seulement je savais qu'elle ne pensait pas un mot de ce qu'elle disait. Il me semblait que ces paroles n'avaient été qu'un prétexte pour se rapprocher de moi, me toucher. Ma gorge s'est serrée. Incapable de parler, j'ai hoché la tête. L'espace d'un court instant, peut-être, quelque chose est passé entre elle et moi. Puis elle a soupiré.

J'ai gagné le salon.

Derrière moi, la vieille s'était remise à rire.

Il ne faisait plus aucun doute que j'allais devoir écourter mes vacances. Il ne pouvait en être autrement. Un autre aurait peut-être envisagé les choses différemment, mais moi je savais à quoi m'en tenir. J'avais eu le malheur de naître avec une conscience, ce qui était loin de m'arranger. Mais qu'y faire ? Au moindre faux pas, le remords me hantait durant une éternité, et c'était trop cher payer. Depuis longtemps, j'avais résolu d'éviter de tels tourments.

Elle était si belle, Petra. La femme de mon ami. Je ne pensais déjà plus qu'à elle. La femme de mon meilleur ami.

Et Verne qui m'attendait, adossé à la cheminée, le visage enfoui dans ses mains.

« Il est au bout du rouleau, a murmuré Petra derrière moi. Au bout du rouleau, le pauvre ! »

Elle avait parlé tout à fait distinctement ; Verne, lui, se trouvait trop loin pour entendre.

Chapitre trois

Deux cognacs plus tard, je m'en suis voulu d'avoir été aussi bête.

J'étais au moins sûr d'une chose : même si Verne se faisait beaucoup de souci pour ses affaires, ce n'était pas ça qui le minait à ce point. Il y avait autre chose. Petra ? Mais comment ?

« Vous vous amuserez très bien sans moi », a-t-il affirmé, toujours adossé à la cheminée. Petra avait pris place dans un fauteuil en face de moi, les pieds sur une ottomane, jambes croisées. Je sentais son regard posé sur moi. La vieille était allée se jucher sur une chaise, pareille à un oiseau empaillé.

« On va essayer », ai-je répondu.

Verne a vidé son verre, s'est resservi et a bu de nouveau avant de le reposer, ainsi que la bouteille, sur la cheminée. Petra a suivi son manège des yeux, puis son attention s'est reportée sur moi.

« C'est vraiment pas un coup à faire, a-t-il poursuivi. Pendant des années je te supplie de venir, et maintenant que tu es là, je m'en vais. Je ne sais pas quand je pourrai me libérer. Depuis quelque temps, je ne rentre plus que le week-end. »

Nous tournant le dos, il s'est versé une nouvelle rasade.

J'en ai profité pour jeter un regard à Petra, qu'elle m'a rendu en levant son verre, avant de le vider d'un trait.

« Serait-il possible d'avoir un peu d'eau gazeuse ? ai-je demandé. Je sais bien que le cognac se boit pur, mais je crois que je ferais mieux de le diluer.

— Je vais en chercher. »

Petra s'est levée. Mon siège se trouvait entre elle et la porte. Au moment où elle le contournait, ses hanches se sont imperceptiblement balancées et sa cuisse a frôlé ma main, sur le bras du fauteuil. Ce n'était peut-être qu'un hasard ; en réalité, elle m'avait à peine effleuré. Pourtant, j'étais sûr qu'elle l'avait fait exprès. Nous n'avions pas besoin de mots pour nous parler. Il nous suffisait d'un geste, d'un regard. Et cela, bien malgré moi. Je me suis reproché une nouvelle fois ma bêtise, tout en sachant qu'il n'y avait rien à faire.

Cela avait peut-être l'air d'une plaisanterie. Mais moi, ça ne m'amusait pas du tout. Il y avait quelque chose qui ne tournait pas rond. C'était dans la maison. Dans leurs conversations. Dans leur comportement. Et avant même de savoir de quoi il retournait, je me retrouvais mêlé à leurs histoires.

Un long silence a régné jusqu'au retour de Petra. Elle m'avait préparé un verre qu'elle m'a tendu ; nos doigts se sont touchés. Ensuite, elle est allée poser le seau de glace et un siphon d'eau de Seltz sur une desserte. En regardant la vieille à la dérobée, je me suis aperçu qu'elle m'observait.

Verne couvait son verre vide des yeux, le bras appuyé contre la tablette de la cheminée.

« C'est bon ? » m'a demandé Petra, le dos tourné.

« Très bon. »

Ses hanches oscillaient dans sa robe, une robe noire, mais différente de celle qu'elle portait quand elle m'avait ouvert la porte. Celle-ci lui collait à la peau et découvrait son dos jusqu'à la taille, qu'elle avait fine et flexible. Après avoir versé une dose conséquente de cognac dans un autre verre qu'elle avait rapporté, elle s'est approché de la vieille et le lui a donné.

« Merci, ma chérie. »

C'était la première fois que j'entendais le son terne et grêle de sa voix. Par contraste, celle de Verne m'a paru d'autant plus grave, plus âpre. « Bon sang ! Tu n'aurais jamais dû faire ça, Petra, je te l'ai pourtant déjà dit. »

Elle s'est tournée vers lui en repoussant du poignet une lourde mèche de cheveux noirs qui lui tombait sur la joue. « Arrête de râler, a-t-elle dit. La pauvre vieille ne s'amuse plus beaucoup. Accordons-lui une petite folie. »

Bien que déjà rouge de colère, Verne s'est empourpré encore davantage. Il m'a regardé en s'efforçant de sourire. Je me suis empressé de boire une gorgée. Puis, Petra est retournée s'asseoir, pieds sur l'ottomane, et s'est remise à me dévisager, son verre à la main. Au fond, je me faisais peut-être des idées. Elle conservait une expression égale ; elle ne cherchait pas à montrer ses jambes ; ses mouvements n'avaient rien de choquant ou de répréhensible. Il n'empêche que cela revenait strictement au même, que j'en étais conscient et réagissais en conséquence, pour la bonne raison que je n'arrivais pas à faire autrement. Avec les yeux, je lui répondais : « Oui, tu es belle ! Mais arrête, ça suffit ! »

Elle a souri, puis a trempé les lèvres dans son verre.

« Je ne veux pas que Maman boive de l'alcool, a expliqué Verne. Ça lui monte à la tête. Et quand j'essaie de lui prendre son verre, elle se jette dessus comme un ivrogne apeuré. »

Que dire ?

« J'aimerais bien que tu voies le projet sur lequel je travaille en ce moment, a-t-il poursuivi. C'est vraiment quelque chose – en tout cas, ça aurait pu. Mais non, bon Dieu ! Il faut que ça marche. »

J'ai aussitôt saisi la perche qu'il me tendait. « Je pourrais peut-être venir avec toi...

— Il n'en est pas question. Tu es en vacances. Petra va te balader, te montrer les environs. J'ai des tas de choses à régler, Alex. Bon sang ! Quelle tuile. Je voudrais tellement qu'on ait le temps de discuter un peu. Mais si je n'y vais pas dès demain matin pour essayer de redresser la situation, je suis fichu. » Il s'est interrompu, brandissant son verre tandis que je luttais pour ne pas regarder Petra. « Et le musée, ça se passe bien ? a-t-il repris.

— Ça suit son cours.

— Mon pauvre Alex. Tu n'arriveras jamais à rien. Ça fait des années que ça dure. Tu perds ton temps. Tu ne t'en sortiras jamais. Tu es trop honnête, mon vieux. » Il a bu une gorgée. « Il y a de quoi devenir cinglé. Ne le prends pas mal surtout. Seulement, de nos jours, dans les affaires, il faut se battre, mentir, parce qu'il est essentiel d'avoir toujours une longueur d'avance sur les autres. Sinon… » Claquement de doigts. « … C'est foutu. Tu as envie de réussir, n'est-ce pas ?

— C'est-à-dire que…

— C'est-à-dire que… Ça veut dire quoi : c'est-à-dire que ? À quoi ça sert, un musée ? À quoi bon exhumer de vieux ossements dans ce monde pourri ? Et maintenant voilà que tu t'es mis en tête de monter cette idiotie de musée. Permets-moi de te dire que celui qui casque ne doit guère avoir plus de jugeote que toi. Enfin quoi, Alex, tu ne pourrais pas trouver quelque chose d'un peu plus excitant ?

— Comme toi ? Parce que, à t'entendre, ce que tu fais, c'est sacrément excitant, hein ?

— D'accord. Mais écoute, je t'assure, c'est passionnant. Enfin non… pas en ce moment. Bon sang ! »

Il a repris une gorgée.

À cet instant, on a entendu un bruit mat, et nous nous sommes tous les trois retournés vers la vieille. Elle avait lâché son verre qui avait roulé sur le tapis, puis sur le parquet. Ding, ding, ding, ding…

« C'est un bien gentil garçon », marmonnait-elle en oscillant sur sa chaise, ivre morte.

« Je te l'avais bien dit », a beuglé Verne.

Petra n'a même pas daigné le regarder. Elle me souriait.

« Ça va aller, vous croyez ? me suis-je inquiété.

— Un bien gentil garçon », a répété la vieille.

Je m'étais figuré qu'elle parlait de son fils, Verne. Mais c'était moi qu'elle regardait. Un rictus niais flottait sur ses lèvres. Elle vacillait vers la droite, se rattrapant chaque fois à la dernière seconde.

« Ça l'a prise plus vite que d'habitude, a fait remarquer Petra d'une voix posée.

— C'est un brave gars, continuait la vieille en pointant sur moi un doigt tremblant. Oui, oui, fiston. Fais bien attention à toi. »

Elle est alors partie d'un grand éclat de rire. À nouveau on aurait dit le bruissement de feuilles mortes contre le carreau. Avec peut-être une souris en plus.

« Tu n'as pas honte ! » s'est écrié Verne, face à sa femme. Puis le ton de sa voix est devenu plaintif. « Pour l'amour du ciel, tu sais pourtant bien qu'à son âge, c'est tout à fait contre-indiqué, que l'odeur de l'alcool suffit à lui tourner la tête ! Tu le sais ! Alors tu le fais exprès !

— Arrête ça, je t'en prie, l'a coupé Petra. Tais-toi et réfléchis un peu. Que lui reste-t-il dans la vie ? Rien. Ça ne peut pas lui faire de mal. Elle est saoule. Et alors ? Tu ne l'es peut-être pas, toi ?

— Si, mais je...

— C'est exactement la même chose.

— Tu sais bien que non.

— Ils parlent de moi », est intervenue la grand-mère. D'une voix presque inaudible, brumeuse, traînante. « Mais ne vous inquiétez pas pour moi, a-t-elle poursuivi. Je sais des tas de choses, moi. »

Petra s'est tournée vers elle, stupéfaite.

« Emmène-la dans sa chambre, veux-tu ? » a ordonné Verne.

Petra s'est levée et a posé son verre sur la desserte. « Veuillez m'excuser », a-t-elle dit à mon adresse. Puis elle s'est approchée de la vieille. « Venez, M'man. On va se coucher. »

L'intéressée ne tenait plus debout. Ses yeux s'étaient réduits à deux fentes lumineuses, ses lèvres minces disparaissaient entre le nez et le menton et elle ne cessait de répéter : « Je sais des tas de choses, moi, des tas de choses. »

Au moment où elles passaient devant moi, la vieille effondrée sur l'épaule de sa belle-fille, Petra s'est arrêtée. « Dites bonsoir à M. Bland.

— Oh, mon Dieu ! » a gémi Verne.

Petra avait crié à pleins poumons dans l'oreille de l'ancêtre. « Dites bonsoir à M. Bland, a-t-elle répété.

— Bonsoir, monsieur Bland, a balbutié la mère de Verne. Je sais des tas de choses, je vous l'ai déjà dit, mais vous êtes quand même un gentil garçon. »

Les deux femmes ont bientôt disparu dans le couloir. Je les ai entendues monter l'escalier en chancelant. La vieille marmonnait toujours.

« Je suis absolument désolé, m'a fait Verne. Bon sang ! On dirait vraiment que tout va mal. Naturellement, Petra déteste ma mère. Elle dit qu'elle est méchante, que c'est un sacré poison. » Il s'est mis à arpenter la pièce en se passant nerveusement la main dans les cheveux. « Tu sais, Alex, quelquefois je me dis qu'il vaudrait mieux que je sois mort.

— Tout va s'arranger, tu verras.

— Facile à dire.

— Ne te laisse pas aller. »

Il s'est arrêté devant moi. Je faisais des efforts désespérés pour me décontracter. J'étais tellement tendu que j'en avais mal aux articulations. Comme dans l'attente de quelque terrible explosion que l'on sait inévitable, jusqu'à l'ultime seconde. Et puis rien. Pas d'explosion. Mais ça va venir. C'est certain.

Sa bouche tombait aux commissures des lèvres.

« Quelle soirée ! Ça ira mieux demain. Propose donc à Petra de t'emmener faire une promenade au bord du lac. Elle aussi, ça lui fera du bien. Enfin débrouillez-vous ! »

Retournant à la cheminée, il s'est servi un verre et l'a englouti d'une traite. Il avait un regard vitreux sous ses paupières lourdes. J'aurais voulu lui demander ce qui n'allait pas. Autrefois je l'aurais fait sans difficulté. À présent, il y avait quelque chose en lui qui m'en empêchait. Quelque chose d'indicible qui n'existait pas lorsque je l'avais connu cinq ans plus tôt.

« Mais enfin, écoute, tu as une femme superbe, une maison agréable. Je suis certain que tu as mis de l'argent de côté.

— Oui. »

Rien de plus. Juste un *oui*.

« Je sens que quelque chose te tracasse, Verne, ai-je insisté. Tout a l'air sens dessus dessous. Il vaudrait sans doute mieux que je rentre à Chicago. Quand les choses s'arrangeront, tu me le feras savoir.

— Hors de question. On serait sûrs de ne jamais te revoir. Une soirée comme celle-là suffirait à faire fuir n'importe qui.

— Je comprends que tu n'aies pas très envie de parler du bon vieux temps en ce moment. »

Verne a plongé son regard dans le mien. Ses épaules se sont affaissées. « Alex, je suis à bout de forces, éreinté, mort. Demain matin, je pars pour New York. J'ai tout un tas de chiffes molles à secouer. Si tout se passe bien, il y a deux cent mille dollars à la clé.

— Tu devrais te reposer un peu… » Le cognac est venu sans peine à bout de mon hésitation. « Bien sûr, je pourrais m'arranger pour rester quelques jours de plus. On pourrait causer, boire ensemble, aller à la pêche. Et même à la chasse, qui sait ? Qu'en penses-tu ?

— Rien au monde ne me ferait plus plaisir, Alex. Ça pourrait… sans doute se faire si j'arrive à activer mes gars.

— Ah, les affaires… Ça ne t'a vraiment pas réussi.

— Ça me rend dingue, je te dis. »

Je l'ai dévisagé un instant, et j'ai acquis la certitude que tout cela n'avait absolument rien à voir avec son travail. Non. Verne me mentait. Parce qu'il avait peur.

Il y a eu un mouvement à la porte. En me retournant je me suis aperçu que Petra nous avait rejoints.

« Voilà ! a-t-elle fait, la main gauche jouant avec la ceinture de sa robe. La vieille ronfle comme un sonneur. » Puis, dardant sur son mari un regard méprisant : « Eh bien, dis donc, Verne ! Ma parole, tu es complètement ivre. »

Puis elle s'est tournée vers moi et a éclaté de rire.

Chapitre quatre

Assis au bord de mon lit, un pied déchaussé, j'ai ôté ma chaussette et agité les orteils. C'était si agréable que j'ai répété l'opération avec l'autre pied. Puis je suis resté ainsi un bon moment à me tortiller les orteils en contemplant mes pieds nus.

Je suppose que Verne avait toujours tenu ce genre de discours. Tout au moins d'après ce que je savais de lui. Et ce qu'il m'avait confié de sa vie avant l'armée. Foncer, foncer, foncer. C'est très bien. Seulement avec lui, c'était le jeu de massacre. Un petit mensonge astucieux, ça vous ouvre des portes. Ne pas perdre de temps, se faire sa place et puis virer tous les autres. Avec lui, il n'y avait que les affaires qui comptaient. D'ailleurs, ils sont des millions comme ça, à fricoter en toute impunité.

Il avait toujours raillé mon manque d'ambition. Ça non plus, ça ne me dérangeait pas. Après tout, chacun fait comme il l'entend. Certains d'entre nous se contentent de la satisfaction d'un rêve qui se réalise, d'un peu d'argent, d'un toit, d'un foyer.

Pour ce qui est d'un foyer, là aussi Verne avait toujours été inébranlable. Trouver la femme qui vous convienne et l'épouser. Il fallait qu'elle ait du ressort et du caractère. Le moins que l'on puisse dire, c'est qu'avec Petra, il était gâté.

J'ai fini de me déshabiller, j'ai ouvert en grand toutes les fenêtres et suis retourné sous la douche, où j'ai continué à rêvasser sous le jet tiède qui me cinglait le dos.

Verne avait fui une famille de quinze enfants. Quel chemin parcouru depuis la ferme du Nebraska jusqu'aux deux cent mille dollars qu'il était sur le point d'empocher. Si tout allait bien. Dieu sait combien il avait en banque à l'heure qu'il était. À moins qu'il n'ait déjà tout dépensé. Possible. C'était un joueur. Un risque-tout. Téméraire comme pas un.

Petra et ses longs cheveux noirs...

Offrant mon visage aux picotements des gouttes, j'ai fermé les yeux, la tête renversée en arrière. On aurait dit le bruit de la pluie sur un toit en zinc.

Enfin, je n'allais tout de même pas me laisser embarquer dans ses histoires ! Vu d'ici, le musée me paraissait un véritable paradis. D'ailleurs, j'aimais mon travail. Et Madge aussi. Évidemment, comparée à Petra...

Je suis encore resté un moment sous la douche. Puis j'ai coupé l'eau, attrapé une serviette de bain et entrepris de me frictionner à en devenir rose, comme on dit dans les magazines. Dans les magazines seulement. Je suis retourné dans la chambre sur la pointe des pieds, où j'ai fini de défaire mes bagages. Mes yeux se sont posés sur le nouveau pyjama que j'avais acheté spécialement pour mes vacances.

Oh, et puis après tout... Je dormais toujours sans rien. Je ne voyais pas pourquoi je changerais maintenant. J'ai jeté le pyjama sur la table et me suis installé au bureau.

Prenons Madge et Petra, par exemple.

Madge. Je l'aimais. Nous allions nous marier. Chicago, ce n'était pas la porte à côté. Presque mille kilomètres.

En fermant les yeux j'ai revu les feux arrière du taxi disparaissant au coin de la rue.

Prenons Madge. C'est ce que j'avais déjà fait. À deux reprises. Prenons Petra...

J'ai donné un coup de poing sur le bureau. Le buvard a glissé et voilà qu'est apparue la lettre que j'avais écrite à Madge en début de soirée. J'ai déchiré l'enveloppe et l'ai relue. Puis je suis allé chercher un stylo afin d'ajouter un post-scriptum : quatre lignes sur les agréments de mon séjour. Enfin j'ai recopié l'adresse sur une autre enveloppe que j'ai fermée avec soin avant de la glisser sous le buvard.

Verne m'avait dit que son père ne savait même pas écrire. Il est mort debout entre les mancherons de sa charrue. Le cheval était si vieux qu'il n'a même pas bronché quand les vautours sont venus. C'est comme ça qu'on l'a trouvé, debout entre les mancherons de sa charrue, retenu par les rênes, un charognard sur chaque épaule, en train de lui picorer les oreilles.

Verne racontait que c'était sa mère qui l'avait découvert ainsi. Elle avait chassé les oiseaux, dételé la charrue et chargé le corps de son mari sur le cheval. De retour à la maison, elle avait creusé une tombe. Puis elle avait attendu que les enfants rentrent de l'école pour lire quelques versets de la Bible. Verne disait que c'était lui qui avait jeté la première pelletée de terre, qu'elle avait atterri sur le visage de son père et qu'il en avait eu tant de chagrin qu'il s'était sauvé de la ferme. Pieds nus. Il avait sauté dans un train de marchandises en route pour Saint Louis. Il n'était jamais retourné à la ferme.

« Penses-tu quelquefois à ce qu'ils ont pu devenir ? lui avais-je demandé.

— Oui, Alex, oui, m'avait-il répondu. Cela m'arrive. »

Je suis allé éteindre la lumière. La lune brillait haut dans le ciel. Je me suis accoudé à la fenêtre. C'était encore l'été indien.

Petra et son regard de braise...

La femme d'un autre.

Bon sang ! Pourquoi avait-il fallu que je naisse avec une conscience ?

Oh, et puis après tout, je m'étais peut-être trompé sur toute la ligne. Je commençais à me le demander. La fatigue sans doute ! Mon imagination me jouait des tours. Il n'y avait sans doute rien d'équivoque dans le comportement de Petra. J'avais pris mes désirs pour des réalités. Cela pouvait très bien venir de moi et non pas d'elle.

Seulement, ça ne changeait rien du tout. J'étais toujours aussi agité malgré la quiétude de la nuit. Je suis allé fermer ma porte à clé, comme Jenny me l'avait conseillé. Dans la maison d'un ami ? Avant de me coucher, j'ai tourné la clé dans l'autre sens.

Comment Verne en était-il arrivé là ? Quelle vermine pouvait bien ronger les contours déjà fragiles de son âme et le miner ainsi ? Il me faisait penser à une vieille peinture à l'huile sur laquelle on aurait imprudemment versé quelques gouttes d'acide. D'un acide redoutable qui l'attaquait petit à petit, la déchirait irrémédiablement en laissant des myriades de minuscules craquelures enchevêtrées.

Le silence était presque total ; les soupirs de la nuit enflaient les rideaux des fenêtres. Quelqu'un marchait doucement dans le couloir. Mais pas sur la pointe des pieds, et sans essayer d'être particulièrement silencieux. Les pas se sont arrêtés devant ma porte.

... Puis se sont éloignés. Pendant tout ce temps, j'avais retenu mon souffle. J'ai sauté au pied du lit et suis allé entrouvrir la porte.

J'aurais reconnu ce parfum entre mille.

Ça sentait vraiment le roussi. À plein nez ! Il fallait à tout prix que je rentre à Chicago.

Je suis retourné me coucher. Les pas se sont rapprochés et se sont arrêtés une nouvelle fois devant ma chambre. Je ne respirais plus. Elle s'est attardée un peu plus longtemps qu'à son premier passage. Puis s'en est allée.

Chicago, Chicago. Pareil au martèlement déchaîné du ressac contre les rochers. *Chi-ca-go… Chi-ca-go…*

Soudain, ma porte s'est ouverte.

« Tout va bien, Alex ?

— Oui, très bien.

— Je voulais juste être certaine. »

Ce n'avait été qu'un murmure. Elle a refermé la porte sans bruit, en laissant derrière elle un souffle parfumé.

Chapitre cinq

« Verne ? Oh, il est parti depuis longtemps. Je l'ai conduit en ville à six heures et demie. Il prenait le train de sept heures pour New York. »

Nous étions seuls, elle et moi, dans la grande cuisine. Perchée sur un tabouret de bar, Petra buvait son café. Elle portait un short et un petit pull échancré, rouge vif et très collants, qui tranchaient sur la blancheur de sa peau. Une peau laiteuse mais satinée. J'ai remarqué la perfection de ses jambes interminables À la lumière du jour, ses lèvres étaient pourpres. Elle paraissait reposée, fraîche et dispose. Dans la clarté de la matinée, l'ombre de la nuit persistait dans ses cheveux soyeux qui flottaient sur ses épaules, si pleins de feu qu'on s'attendait à y voir jaillir des étincelles. Ce qui se produisit dès qu'elle remua la tête.

Elle a bu une gorgée de café. « Verne m'a chargée de vous redire qu'il était vraiment désolé de ne pas pouvoir rester. Il en était malade. »

Je n'étais pas tout à fait réveillé ; j'avais encore le cerveau embrumé.

« Avez-vous bien dormi ?

— Très bien, Petra.

— Si je vous le demande, c'est parce que quelquefois, quand on n'est pas chez soi, vous savez...

— J'ai passé une très bonne nuit.

— J'espère que je ne vous ai pas dérangé quand j'ai ouvert la porte. »

Elle regardait ailleurs. Elle s'est levée, s'est dirigée vers le fourneau de sa démarche dansante, où elle s'est resservie de café avant de revenir à sa place. Je ne l'ai pas quittée des yeux un seul instant. Subjugué, totalement subjugué en dépit de mes efforts.

« Pas le moins du monde. »

J'en avais mis du temps pour répondre. Elle prenait son café noir. J'ai brusquement éprouvé une terrible envie de lui toucher les cheveux.

« Qu'est-ce qu'il y a pour le petit déjeuner ?

— J'étais sûre que vous alliez me poser la question, m'a-t-elle assuré en souriant. C'est le jour de congé de la cuisinière. »

Ses yeux étaient si noirs. Noirs comme de l'encre.

« Ah ?

— Mais je sais cuisiner, cher ami. »

Une dizaine de minutes plus tard, je m'attablais devant des œufs brouillés, des saucisses, des toasts, et un bon café. J'avais réussi à éviter l'autre tabouret du bar en prétextant que je préférais avoir les pieds par terre pour manger. Erreur fatale car elle me dominait de son perchoir de sorte que je la voyais par en bas, les jambes croisées, adossée au bar, son bol à la main. Ses seins remplissaient son pull rouge de façon tout à fait extraordinaire.

Le petit déjeuner était délicieux. La cuisine brillait de propreté.

« Où est Jenny ? me suis-je enquis.

— Je lui ai donné sa journée.

— Et la mère de Verne ? »

Elle m'a jeté un coup d'œil malicieux en ricanant. « Pas encore levée… On dirait que nous sommes seuls. Rien que vous et moi. Mais pas pour longtemps. La vieille ne va pas tarder à descendre. »

J'ai esquissé un pâle sourire, qu'elle m'a rendu. « Depuis combien de temps vit-elle avec vous ?

— Depuis notre mariage, dès que Verne a quitté l'armée. »

J'ai avalé la dernière saucisse qu'il me restait. Petra m'a servi une autre tasse de café avant de retourner s'asseoir. J'ai essayé de m'imaginer la mère de Verne dételant la charrue, creusant une tombe, ânonnant un passage de la Bible. « Qu'est-il advenu du reste de la famille ? Je veux dire… ne pourrait-elle pas habiter tour à tour chez les uns et les autres ? Ce serait quand même plus facile. »

Elle m'a dévisagé d'un air songeur. « Il y avait deux sœurs. Autrement, c'étaient tous des garçons. Deux d'entre eux sont morts à la guerre. L'une des sœurs a disparu dans la nature. L'autre s'est mariée mais refuse de s'encombrer de la vieille, d'autant plus que son mari ne veut pas en entendre parler. Un des frères est en prison pour incendie volontaire. Verne disait toujours qu'il était pyromane, mais personne ne voulait le croire. Les autres se sont volatilisés, sans laisser d'adresse », a-t-elle conclu avec un haussement d'épaules.

Puis, levant le pouce en direction du plafond, elle a repris : « Elle a vendu la ferme, Verne l'a appris par la suite. Et puis un beau matin, les nouveaux propriétaires l'ont trouvée assise au pied de la clôture du champ de maïs et ils ont contacté Verne qui l'a installée chez nous. »

Nouveau haussement d'épaules. Pendant quelques instants, nous sommes restés silencieux.

« Alex ?

— Oui ?

— Vous ne pouvez pas savoir comme je suis heureuse que vous soyez venu. »

Sur ces mots, elle s'est levée, a gagné la table par-dessus laquelle elle s'est penchée en appuyant les cuisses – le plateau lui arrivait juste à hauteur du short. Elle a posé les deux mains à plat et les a rapprochées lentement jusqu'à ce que ses doigts se touchent. Son parfum me chatouillait les narines et mon cœur s'est mis à tambouriner.

« Est-ce qu'il reste du café ?

— Autant qu'on en veut. Je vais le réchauffer, a-t-elle fait en se redressant et en tournant les talons. Alex ?

— Oui ?

— Vous avez entendu ce que je vous ai dit ?

— Oui.

— Bonjour, Mère ! » a-t-elle hurlé tout à coup en faisant volte-face.

La vieille est entrée dans la cuisine, sa canne à la main. « Bonjour, monsieur Bland.

— Elle ne me dit jamais bonjour, m'a expliqué Petra. C'est une sorcière. Si seulement elle pouvait... » S'arrêtant net, elle s'est dirigée vers l'une des fenêtres de l'arrière-cuisine, les poings serrés. Je ne pouvais plus voir son visage. « Je parie qu'elle a au moins cent ans ! » a-t-elle grommelé d'une voix sourde, gutturale.

La mère de Verne a gagné en zigzaguant une table située à l'autre bout de la pièce. Elle portait la même robe grise. C'est du moins ce que j'ai cru au premier abord, avant de m'apercevoir que celle-ci était nette et fraîchement repassée. C'en était une autre, de la même coupe et du même coloris. Et aussi le même châle blanc. Elle avait des pantoufles aux pieds et quand elle marchait, on n'entendait que de légers frottements ponctués du bref raclement de la canne.

« Petra, j'ai faim, a-t-elle lancé d'une voix chevrotante presque inaudible. Je prendrai juste un peu de thé. Et puis des biscuits trempés dans du lait. »

Petra l'a considérée d'un œil indifférent.

« Du lait chaud, a précisé la vieille.

— Est-ce que vous recevez un journal, Petra ? suis-je intervenu.

— Oui, il est sur la véranda. Je n'ai pas encore été le chercher. » Son regard intense, plongé dans le mien, semblait vouloir me dire quelque chose. « Allez voir, Alex. Je vous rejoins tout de suite. »

Au moment où je suis sorti de la cuisine, j'ai entendu la vieille dire : « Je parie que vous avez donné congé à Jenny pour la journée.

— Bouclez-la ! » a répliqué Petra. Pas assez fort, toutefois, pour se faire entendre de la mère de Verne.

Après avoir ramassé le journal, je suis allé m'installer dans ce qui devait être le cabinet de travail de Verne, en face du salon. Il y avait un vaste bureau sur lequel j'ai étalé le journal pour le lire à mon aise. Les livres qui remplissaient les rayonnages paraissaient trop ordonnés pour avoir beaucoup servi.

Mon regard s'est bientôt posé sur l'érable rouge qui se dressait juste au-delà de la grande baie vitrée, ses feuilles comme barbouillées de sang. L'automne éclatait de couleurs. J'ai tenté en vain de me concentrer sur ma lecture.

Le bureau était dégagé en dehors d'un grand buvard immaculé, d'un unique crayon et d'une photo encadrée posée à plat. Je n'ai pu résister à l'envie d'y jeter un coup d'œil. C'était Petra. Étendue dans un hamac, une jambe ballante, les mains derrière la tête. Brusquement, sans que je comprenne ce qui m'arrivait, j'ai éprouvé le besoin irrésistible de prendre cette photo sur laquelle elle me regardait en souriant. Je la voulais à tout prix. Je n'avais plus que cette idée en tête ; plus rien d'autre ne comptait. Conscience, volonté… envolés.

Finalement je l'ai reposée sur le bureau, comme je l'avais trouvée, et me suis éloigné de quelques pas.

« Elle vous plaît, Alex ? »

Je me suis retourné vivement. Petra se tenait sur le seuil, adossée au chambranle de la porte. Les bras levés, elle était en train d'accrocher un ruban blanc dans ses cheveux qui formaient ainsi une lourde masse sur sa nuque.

« Oui. C'est une belle photo.

— C'est Verne qui l'a prise. Le hamac est toujours là d'ailleurs, seulement plus personne ne s'en sert. Il est resté dehors tout l'hiver. Il a presque entièrement déteint mais autrefois, il était bariolé.

— Ce n'est pas tellement le hamac qu'on remarque en premier.

— Que voulez-vous dire ? »

Elle avait très bien compris ce que je voulais dire.

J'ai souri. Elle aussi. J'aimais bien quand elle relevait ses cheveux, et nous sommes restés un long moment à nous regarder.

Je n'avais rien entendu, mais j'ai vu passer une lueur d'appréhension dans ses yeux. Elle a lentement pivoté. La voix de la vieille à l'autre bout du couloir m'est parvenue, à peine perceptible.

« Le lait est tourné, Petra. J'ai horreur du lait tourné.

— Elle nous épiait, a chuchoté Petra. Oh ! mon Dieu, Alex, elle va finir par me rendre folle. »

Comme elle reprenait le chemin de la cuisine, je me suis aperçu qu'elle avait troqué son short pour une longue jupe qui ondulait gracieusement au rythme de son pas.

J'ai regagné le bureau et examiné à nouveau la photo. J'avais une terrible envie de la prendre, mais je l'ai reposée quand même avant de quitter rapidement la pièce.

Dans le couloir, il faisait sombre.

Madge Collins. Joli nom. Chicago. Madge avait les cheveux blonds, blond cendré. Ses yeux étaient changeants, tantôt bleus tantôt gris. Elle était mince, vive, énergique, toujours impeccable. Elle avait des milliers de sœurs partout dans le monde. Alignées les unes à côté des autres, on aurait sans doute du mal à les différencier. Mais Madge était à part, et je voulais qu'il en soit ainsi pour toujours. Parce que je connaissais la femme qui se cachait sous cette apparence ordinaire. Je me suis tout à coup rappelé la lettre que je lui avais écrite et me suis dirigé vers l'escalier.

Petra. C'était une femme à part, elle aussi. Semblable à aucune. Après l'avoir créée, les dieux avaient brisé le moule. Allez savoir pourquoi.

En montant, j'ai jeté un coup d'œil à ma montre. Dix heures et demie. J'avais bien envie de prendre une goutte d'alcool. Après tout, j'étais en vacances, non ? Il fallait que j'aille poster la lettre de Madge, mais cela pouvait attendre. Je suis donc redescendu dans le bureau de Verne où je me souvenais d'avoir vu un carafon de whisky sur une étagère, près de la bibliothèque.

Il n'y avait pas de verre. Pour la première fois depuis que j'avais quitté l'armée, j'ai bu au goulot. L'alcool m'a réconforté ; je me suis senti revivre et de nouveau maître de moi.

Mais la photo n'était plus sur le bureau.

En replaçant le bouchon sur le carafon pour le reposer sur l'étagère, je me suis aperçu que ma main tremblait. Ma chambre était située juste au-dessus du bureau de Verne ; or j'entendais distinctement marcher.

Maintenant que j'avais avalé une rasade de whisky sec, j'avais envie de boire de l'eau. Il y avait une autre porte dans le bureau. Je l'ai ouverte, persuadé qu'il s'agissait d'un placard. Elle donnait en réalité sur un salon de musique : un piano quart de queue, un imposant canapé en cuir, un électrophone et des rayonnages remplis de disques. Des tentures de crêpe blanc encadraient l'unique fenêtre. Une vague odeur de renfermé flottait dans la pièce. J'ai ouvert la fenêtre en grand et le souffle de l'automne s'est abattu sur moi. Comme une brise estivale, sauf que ça sentait l'automne. Au-delà du verger, des collines bigarrées s'élevaient jusqu'à la ligne d'horizon déchiquetée qui se détachait sur le ciel bleu. Il y avait de la poussière sur le rebord de la fenêtre.

Et aussi sur mes doigts après que j'ai eu effleuré les touches du piano. L'électrophone était resté à demi ouvert sur un disque poussiéreux lui aussi ; le bras, l'aiguille, mystérieusement évocateurs d'un passé heureux brutalement interrompu. C'était l'*Arabesque numéro 1 en* mi *majeur* de Debussy. Cela ne ressemblait guère à Verne. Mais sans doute à Petra, à une certaine époque. Peut-être encore maintenant. Oui. Pourquoi pas ? En tout cas, ce n'était pas un choix fortuit ; pas avec une telle collection de disques.

J'ai franchi le seuil d'une autre porte par laquelle on pouvait accéder à cette pièce. Une alcôve seulement meublée d'un petit sofa donnait sur le couloir, en dessous de l'escalier. Je me suis pris à songer que ma propre discothèque ne contenait même pas le dixième de celle de Verne ; mais ce n'était qu'un moyen de détourner ma pensée – d'oublier Petra, ne serait-ce qu'un instant.

C'était absurde. La veille encore j'aurais ri au nez de celui qui se serait fourré dans une situation pareille.

Quand j'étais enfant, j'avais voulu apprendre à jouer du piano. Cette idée m'obsédait. Je m'étais mis à économiser pour pouvoir m'offrir des leçons, tout en sachant très bien que mes parents verraient la chose d'un mauvais œil. Chaque fois que je prenais un cours ou que je cherchais un piano pour m'exercer – puisque nous n'en avions pas –, je me disais qu'on finirait un jour par me surprendre, et ce serait la fin. C'était fatal.

À cet instant, j'éprouvais à peu près la même impression, à la puissance mille. Oui, c'était bien pire cette fois-ci… Le scénario s'était répété quand j'avais voulu peindre. J'étais fermement décidé, mais en fin de compte, ma famille m'avait persuadé, là encore, de renoncer à mes ambitions. De sorte que je n'avais jamais pu me former dans les seuls domaines qui m'intéressaient vraiment, n'imaginant pas qu'il puisse y avoir d'autre choix. J'avais fini par abandonner la partie, estimant qu'il était trop tard. Quand mon père était mort, quelques années plus tôt, il m'avait fait la surprise de me laisser un peu d'argent. J'avais toujours eu une certaine attirance pour les vieilles reliques et les tumuli indiens. Je m'étais donc lancé dans des études d'archéologie, en me disant que c'était une manière comme une autre d'oublier mes échecs passés. Pelles, pioches, balais, cartes, mules, ossements et ferraille rouillée. Bref, j'avais pris la tangente. Je m'amusais bien d'ailleurs. Et puis mon rêve avait commencé à se concrétiser dans mon esprit, à devenir réalité. Maintenant, c'était toute ma vie. J'avais au moins trouvé ma voie.

Au moment où je m'apprêtais à monter l'escalier, Petra m'a appelé du bout du couloir. « Venez, Alex. Nous allons faire un tour », a-t-elle déclaré en ponctuant ses paroles d'un sourire.

Un genou rond surgissant par la fente de sa jupe noire a attiré mon regard. Comme elle portait des sandales, j'ai remarqué qu'elle ne se vernissait pas les ongles.

« J'ai une lettre à poster.

— Alors nous irons en ville. Ça vous va ? Il faut que nous emmenions la vieille. J'espère que vous n'y voyez pas d'inconvénient.

— Non, aucun. » Je me suis senti me détendre.

« Nous reviendrons ici pour déjeuner. J'aimerais vous faire découvrir les environs. Demain, nous irons voir le lac.

— J'arrive tout de suite. »

J'ai grimpé les marches quatre à quatre pour aller chercher la lettre.

La photo de Petra trônait sur le bureau de ma chambre. Quelque chose m'a étreint le cœur, lentement, comme un fil noir s'enroulant au ralenti autour d'une bobine.

J'ai pris la lettre sous le buvard, attrapé au passage ma pipe et mon tabac et me suis hâté de redescendre.

Petra et la mère de Verne m'attendaient dans l'entrée.

« Êtes-vous prêt ? »

J'ai acquiescé

La vieille observait sa bru, et ses yeux brillaient aussi intensément en plein jour que dans la nuit.

Chapitre six

Nous roulions entre les coteaux dans le paysage d'automne. Petra avait insisté pour que je monte devant, à côté d'elle. La mère de Verne s'était calée au milieu de la banquette arrière. À deux reprises, je m'étais retourné pour scruter son visage impénétrable et pourtant si rusé. J'avais envie de parler de la photo ; j'ai failli le faire plusieurs fois, mais je me suis retenu juste à temps. J'étais certain que Petra avait senti ma gêne. La Buick filait sur la route ; l'aiguille du compteur s'était fixée sur le chiffre 60[1] depuis le départ.

« On n'aurait pas pu parler à notre aise si elle s'était mise devant, vous comprenez.

— Sûrement... Ça ne l'ennuie pas trop d'être derrière ?

— Elle a un peu râlé, mais qu'est-ce que ça peut faire ? »

Petra m'a jeté un regard en biais. Chaque fois qu'elle bougeait la jambe droite, la fente de sa jupe remontait davantage. Je m'efforçais de regarder ailleurs mais la tentation était trop forte.

« Quel bonheur de se promener, s'est soudain exclamée la mère de Verne. Figurez-vous que nous sortons tous les jours, n'est-ce pas, Petra ? » Puis elle s'est mise à rire.

---

1. Miles par heure évidemment, soit près de 100 km/h. (*N.d.É.*)

Encore ce bruissement de feuilles mortes contre une vitre.
«… N'est-ce pas, Petra ?

— Oui », a hurlé cette dernière, avant d'appuyer sur le champignon en se mordant nerveusement la lèvre. Quelques instants plus tard, nous entrions dans la petite ville d'Allayne. Une grand-rue ombragée d'ormes. Quatre ou cinq pâtés de maisons pour tout quartier commerçant. Nous sommes passés à la poste et j'ai mis ma lettre à la boîte. La ville semblait paisible et sans histoire. Le soleil jetait des reflets étincelants sur le dôme argenté d'un quelconque palais de justice. Au moment où nous quittions la grand-rue, l'horloge de la mairie indiquait onze heures trente.

« J'espère que Verne n'a pas trop de problèmes, ai-je lancé.

— Ne vous occupez pas de ça, m'a rétorqué Petra. Je veux dire, ne vous faites pas de souci pour lui. Souvenez-vous que vous êtes en vacances. Vous n'y pouvez rien si Verne n'a pas de chance.

— J'aimerais bien pouvoir faire quelque chose.

— On ne peut rien faire… Voilà le lac, là-bas, vous voyez ? » a-t-elle demandé en pointant le menton vers la gauche. Un triangle bleu pâle est brusquement apparu entre deux collines, pareil à un éclat de verre. « Nous irons demain. Mais on sera encore obligés de l'emmener avec nous, a-t-elle fait observer en forçant sensiblement l'allure.

— C'est sans doute sa seule distraction, ai-je objecté.

— Non, Alex ! Sa seule distraction, c'est de m'épier. Elle me suit partout comme un petit chien. Elle me déteste.

— Mais pourquoi ?

— Si seulement je le savais ! C'est un monstre, Alex. Je voudrais qu'elle soit morte !

— Ça arrivera bien un jour.

— Maintenant, tout de suite.

— Mais ce n'est qu'une pauvre vieille totalement inoffensive. Évidemment, les personnes âgées sont parfois possessives. » Ce n'était pas tout à fait ce que je pensais. Parce que en réalité j'avais une envie terrible de lui caresser les cheveux...

« C'est un être odieux, a-t-elle continué. Et je ne suis qu'une garde-malade, rien de plus. Abandonnée dans ce coin perdu avec cette harpie ! »

Un petit rire s'est échappé de ses lèvres. Nous n'avons plus échangé une parole avant d'avoir garé la voiture derrière la maison, près du garage.

« Vous comprendrez ce que je vous dis. Vous comprendrez bien assez tôt », a-t-elle ajouté.

Nous avons aidé la vieille à sortir de la voiture. À un moment Petra s'est penchée vers moi, les bras tendus, et l'espace d'un instant qui m'a paru une éternité, a pressé son sein droit, ferme et rond, contre mon épaule, son regard plongé dans le mien. Un regard qui semblait m'implorer.

Je me suis brusquement écarté et me suis dirigé vers la maison en me retenant à grand-peine de courir. Puis je me suis précipité dans le bureau de Verne pour engloutir une bonne lampée de whisky en fermant les yeux.

« Elle a tout vu ! »

J'ai fait volte-face. Petra se tenait sur le seuil et m'observait.

« Quoi ?

— Mère. Elle a vu ce qui s'était passé à la voiture. » Une lueur insolente a traversé ses yeux. Elle était tellement effrontée et pourtant si impénétrable. « Vous verrez, a-t-elle ajouté. Désormais elle ne nous laissera plus aucun répit.

— Je ne sais vraiment pas à quoi vous faites allusion. »

Mensonge. En tout cas, il n'y avait pas de quoi en faire un drame.

« Si, si. Votre bras contre mon sein... Elle s'en est bien rendu compte.

— Oh, ça. C'était... »

Elle a souri. « Vous savez donc de quoi je parle. J'aime mieux ça. Je commençais à me demander si vous n'étiez pas totalement insensible. »

Sur quoi elle a tranquillement dégrafé sa jupe et l'a fait glisser à ses pieds d'un geste expert. En dessous, elle portait un bikini.

« Il fait trop chaud pour porter ça. Elle a tout vu, je vous dis. Elle a des yeux de lynx. Ça ne va pas être commode à présent.

— Mais... Petra ! ai-je balbutié.

— Vous ne la connaissez pas, je vous assure. Elle fait des montagnes d'une taupinière.

— N'est-ce pas plutôt vous qui vous faites des idées ? »

Elle s'est humecté les lèvres en secouant doucement la tête. « J'ai bien peur que non, Alex. »

Elle a tourné les talons et a subitement disparu. Le bruit de ses pas a décru dans le couloir.

... J'imagine parfois que c'est à mon amant que j'écris. C'est que, voyez-vous, je n'ai pas d'amant. Mais je ne devrais sans doute pas dire des choses pareilles. Verne dit qu'un rien vous fait rougir.

... La solitude ? Enfin, parmi les arbres, même s'il y a des gens autour de soi. Mais à Chicago, la solitude, ça ne doit pas exister, n'est-ce pas ? C'est drôle que vous ne soyez pas marié. Verne prétend que vous êtes un sacré numéro avec les filles. C'est peut-être pour ça ? Enfin, je suis sûre que vous ne vous ennuyez pas.

... Dites-moi si ça vous gêne que j'écrive si souvent. C'est vraiment joli par ici mais plutôt calme. J'aime bien le calme. Il y a un vieux verger derrière la maison où je vais souvent me promener. Je vais vous confier un secret,

Alex. Quand je suis là-bas, je vous parle. Enfin, vous voyez ce que je veux dire. Verne n'est pas très causant. Il y a toujours des milliers de choses à faire, mais lui, il n'a jamais envie de rien. On voudrait tellement que vous veniez nous voir, Alex.

L'après-midi même, nous sommes allés explorer le champ de pommiers.

« Prenez-moi la main, m'a-t-elle demandé.

— Quoi ?

— J'ai dit : prenez-moi la main. »

Ses doigts étaient rigides, sa paume tiède, légèrement moite.

« Nous allons traverser le ruisseau ici, sur ces rochers. Ensemble. Venez. »

C'était un petit cours d'eau zigzaguant au pied d'un coteau, le long du verger. Au-delà s'élevait une sorte de butte parsemée de noyers et dominée par trois pins solitaires et majestueux.

« Je croyais que vous vouliez me montrer le verger.

— Venez, a-t-elle insisté. On traverse. »

Nous avons franchi le ruisseau, main dans la main. À deux reprises, nos corps se sont frôlés. Comme nous escaladions le versant, j'ai remarqué tout en haut la silhouette imposante d'un sycomore.

« Nous allons contourner cette butte », m'a-t-elle informé. Il y avait quelque chose de déterminé, d'inflexible dans le ton de sa voix. « Il fait déjà plus frais, vous ne trouvez pas ? Ça fait du bien. C'est parce que la brise s'engouffre entre les collines. Il fait toujours meilleur ici. Dépêchons-nous.

— Mais, Petra... »

J'ai en vain essayé de retirer ma main. Nous étions parvenus au sommet de la pente. De là, la maison n'apparaissait plus que comme une minuscule tache rouge brique parmi les arbres. Ombragé, l'endroit nous protégeait des rayons ardents du soleil de l'été indien.

Nous nous sommes arrêtés ; Petra s'est tournée vers moi.

« Embrassez-moi, Alex. »

Sa chevelure tombait en cascade d'un côté de son visage, épaisse, reflétant les feux de la lumière. Ses lèvres luisaient, ses yeux, noirs comme du charbon, étincelaient.

« Petra…

— Je vous en prie, Alex. N'attendez plus. Vous parlerez plus tard, s'il le faut, mais embrassez-moi. Soyez honnête. Vous en mourez d'envie tout comme moi. Je ne veux plus attendre. Embrassez-moi !

— Petra ! »

Elle s'est alors jetée dans mes bras. J'ai reculé pour me retrouver aussitôt adossé au tronc du sycomore. Petra s'est blottie contre moi, ses mains glissant doucement dans mon cou, la tête rejetée en arrière, les yeux mi-clos, les lèvres entrouvertes.

« Alex ! »

Sa bouche s'offrait à moi, son corps s'arc-boutait contre le mien, vibrant de désir ; ses ongles se sont enfoncés dans mes épaules. Je sentais les frémissements de son dos, les frissons qui l'ont secouée quand mes lèvres ont enfin goûté les siennes.

Puis je l'ai plaquée contre l'arbre. Sa bouche s'est détachée de la mienne, effleurant ma joue tandis qu'elle s'écartait de moi en me repoussant, sans cesser de gémir.

J'ai fait un pas en arrière.

« Petra, pour l'amour du ciel ! »

Nonchalamment adossée à l'arbre, elle me dévisageait, haletante, l'œil hagard. Elle s'appuyait des deux mains contre le tronc ; j'ai remarqué qu'elle tremblait.

« C'est tout à fait comme je me l'étais imaginé, a-t-elle murmuré. Tout à fait. »

À ce moment-là, j'aurais dû la gifler. La gifler et partir en courant. Parce que maintenant elle avait allumé l'incendie et bientôt je me retrouverais au cœur même du brasier.

Chapitre sept

Elle se tenait toujours immobile contre le tronc du sycomore. Nous en avions le souffle coupé.

« Petra… ai-je balbutié. Pourquoi ? Que vous arrive-t-il ?

— C'est à cause de… l'attente. Le choc, rien de plus.

— L'attente ? »

Elle faisait trop d'histoires pour un simple baiser.

Moi aussi, sans doute.

« Oui, l'attente. On en avait tellement envie l'un et l'autre, envie aussi d'aller plus loin. Comment avons-nous pu perdre autant de temps ? Le temps, c'est tellement précieux.

— Mais vous êtes la femme de Verne !

— Oui… Verne me répétait souvent que vous étiez son meilleur ami, le seul ami véritable qu'il ait jamais eu. Parce que vous admettiez certaines choses que d'autres ne supporteraient jamais. En fait, il n'a jamais pu se faire d'autres amis en dehors de vous. Oui, je suis sa femme. Mais, Alex, vous et moi, c'est différent.

— Alors pourquoi m'avoir repoussé ?

— Parce que… pas tout à la fois.

— Petra, il vaut mieux que je m'en aille. Ça ne peut plus durer. »

Elle a laissé échapper un petit rire bref. Puis elle a rejeté la tête en arrière et s'est franchement esclaffée.

« Vous ne partirez pas, Alex, a-t-elle repris une fois calmée. Il n'en est pas question.

— Petra...

— Vous mouriez d'envie de m'embrasser. Vous me désirez encore davantage maintenant. Reconnaissez-le. Ne faites pas l'enfant ! »

Nous avons échangé un long regard. L'ombre des feuilles dessinait des arabesques sur ses jambes, ses bras, son visage ; des faisceaux de soleil embrasaient ses cheveux.

« Nom de Dieu... Vous ne reculez devant rien !

— Vous trouvez ? Écoutez, Alex. Ça fait deux ans que j'éprouve ces sentiments-là pour vous et vous osez me dire ça ? Pourquoi êtes-vous venu ? Pour jouer aux échecs avec mon épave de mari ? Ce minable qui n'a jamais rien fait de sa vie et qui n'en fera jamais rien ? C'est fini, Alex, pour Verne, je veux dire.

« Attendez-moi ! » a-t-elle ordonné comme je prenais le chemin du retour.

J'ai obéi.

« Avouez-le, a-t-elle dit aussitôt qu'elle m'eut rejoint.

— Je n'avouerai rien du tout.

— Verne m'a beaucoup parlé de vous : de votre honnêteté foncière, presque maniaque. Trop sérieux. Trop intègre... C'est comme ça. Très bien ! Alors vous devez vraiment être dans votre élément en ce moment, non ? »

Je l'ai giflée. En plein visage, du revers de la main. Elle a encaissé le coup, comme un boxeur. Alors j'ai recommencé et la paume de ma main a trouvé sa joue.

« C'est bien ce que je disais, a-t-elle fait. La preuve ! Comprenez-vous maintenant pourquoi c'était idiot d'attendre ? J'étais pourtant prête à vous attendre, moi. À prendre le temps. Parce que je ne voulais pas vous alarmer. Puisque Verne est votre ami... Allez-y. Frappez-moi encore. Ça ne changera rien.

— À peine une journée ! Vous n'avez pas perdu de temps !

— Non, Alex. C'est bien là le problème. Ça fait plus de trois ans. Deux ans en tout cas, et croyez-moi, c'est largement suffisant. »

Quelque chose est apparu dans ses yeux, comme des larmes. Seulement, ça ne pouvait pas en être. Puis elle s'est enfuie en courant.

Je l'ai suivie du regard ; elle a franchi le ruisseau, que j'ai traversé à mon tour. Elle a couru d'une traite jusqu'à la lisière du verger. Là, elle m'a attendu et nous avons poursuivi notre chemin ensemble, parmi les hautes herbes.

« Voudriez-vous me reprendre la main ? m'a-t-elle demandé d'une voix douce.

— Non. Je ne vous prendrai pas la main. Ni maintenant ni jamais. »

Elle m'a regardé en souriant. « Très bien… Maintenant attention, Alex ! Je vous ai prévenu qu'elle avait des yeux de lynx. Nous sommes en vue de la maison. »

Après avoir bouclé la porte de ma chambre, je me suis assis sur le lit. Je sentais encore la douceur de ses lèvres sur les miennes, frémissantes, offertes, abandonnées et généreuses à la fois.

Mais les choses ne s'étaient pas arrêtées là ; elles avaient été beaucoup plus loin. Un baiser – un simple petit baiser ? Rien de plus ?

Oh, mon Dieu ! Tellement plus. Ce « plus » impérieux qui dépassait toute imagination.

En me déshabillant, je me suis aperçu que j'étais en nage. Une voix en moi me criait que la seule raison pour laquelle je n'avais pas pris Petra cet après-midi, c'était parce qu'elle était la femme de Verne. Car j'avais eu envie d'elle au point de la forcer à se livrer à moi ; ce désir ne m'avait d'ailleurs pas quitté.

Oui, j'avais bien failli la violer sous le sycomore.

Cela avait assez duré. Il était temps de partir. Comment rester, après cela ?... Pourtant, elle m'avait repoussé.

« *Parce que... pas tout à la fois* », m'avait-elle dit.

J'ai pris une douche et me suis rasé. Puis j'ai remis mon pantalon de flanelle grise, enfilé une paire de chaussures à semelle de crêpe avant de revêtir une chemise blanche propre. En passant mes chemises en revue, je me suis aperçu qu'elles étaient toutes blanches. Pas de doute ! Je manquais sérieusement de fantaisie. Je n'étais au fond qu'un type quelconque qui, pourtant, n'avait pas hésité à s'attaquer à la femme de son meilleur ami. S'attaquer ? Non. Ce n'était pas le mot juste. Ou bien si ?

J'étais en train de me peigner lorsqu'on a frappé à la porte. C'était elle.

« Tenez, Alex. J'ai trouvé ça dans la boîte aux lettres. Il faut croire que personne n'a vérifié s'il y avait du courrier ce matin. »

C'était une lettre de Madge. Une enveloppe blanche. Pas la moindre odeur de parfum. Seulement une petite trace de poudre et une vague marque de rouge à lèvres là où elle avait humecté le rabat avec la langue.

Petra a posé la main sur mon bras.

« Non, ai-je intimé.

— Bon, bon. »

Elle s'est écartée et j'ai vu qu'elle avait revêtu une robe blanche qui la moulait comme un gant de mariée. Avec ses yeux et ses cheveux si noirs, ses lèvres pourpres, elle était vraiment ravissante.

« Je suis désolé de vous avoir frappée.

— Ce n'est pas grave. Juste un peu enflé. Regardez !

— Je ne veux pas regarder.

— Très bien.

— Mais je suis vraiment désolé, je n'aurais jamais dû faire ça.

— C'était votre manière à vous de me dire ce que vous aviez à me dire, de me faire comprendre ce que vous ressentiez sans vous engager verbalement.

— Faites attention si vous ne voulez pas que je recommence. »

Je ne souriais pas ; elle non plus. Nous nous sommes toisés du regard ; puis mes yeux sont tombés sur l'enveloppe que je tenais à la main.

« Elle s'appelle donc Madge ? a-t-elle alors dit.

— Oui.

— Joli nom ! Dommage que vous m'ayez rencontrée !

— Je ne vois pas pourquoi.

— Vous vous obstinez à nier l'évidence.

— Pas du tout. »

Elle souriait à présent avec arrogance. Comme elle était belle !

« Je vais partir, ai-je balbutié. Je m'efforce d'être honnête, point.

— Ce n'est pas la peine d'essayer, mon chéri.

— Ne m'appelez pas comme ça. Je ne plaisante pas. Il vaut mieux que je m'en aille maintenant. Enfin, ce soir. »

J'étais on ne peut plus sérieux. Le simple fait de tenir la lettre de Madge à la main me donnait du courage. Et puis il y avait Verne aussi. « Verne est mon ami, ai-je ajouté. Je sais que vous ne comprenez pas ça. Je ne vous le demande pas, d'ailleurs. Autrefois, je n'aurais peut-être pas compris, moi non plus. Mais à présent, tout est clair. J'ai peut-être tort, mais au moins je suis sincère.

— Vous avez une curieuse façon de reconnaître les faits.

— Je vous ai déjà dit que je ne reconnais que dalle.

— Écoutez ! C'est justement parce que Verne est votre ami, parce que vous avez fait la guerre ensemble et que vous vous devez mutuellement la vie que vous ne pouvez pas partir.

— Pensez ce que vous voulez.

— Allons, ne soyez donc pas borné en plus ! »

Elle s'est passé les mains sur les hanches, puis a repoussé ses cheveux qui sont retombés aussitôt sur ses épaules comme un nuage de fumée noire. Il se produisait quelque chose en moi ; quelque chose que je n'arrivais plus à contrôler.

« Borné ? Pourquoi borné ?

— Que dirait Verne si vous partiez maintenant ? Pensez à ce que cette vieille sorcière pourrait lui raconter ! Il se méfie déjà assez comme ça. Il me garde enfermée ici. Je ne peux jamais aller nulle part. Si vous vous en allez maintenant, il devinera tout. Et dans ce cas, vous le payerez vous aussi car votre fichue conscience ne vous laissera plus un instant de répit. »

Elle avait vraiment l'art d'enfoncer le couteau dans la plaie. En même temps, je savais que ce n'était pas seulement ça ; il y avait encore autre chose. Quoi qu'il en soit, elle avait raison à propos de Verne... il se ferait sûrement des idées.

« J'ai déjà dit à Verne que j'envisageais de repartir, lui ai-je fait remarquer en désespoir de cause.

— Mais il vous a répondu qu'il n'en était pas question, non ?

— Je ne sais pas où vous voulez en venir, mais de toute façon c'est de la folie.

— Cessez de nier l'évidence, Alex. Les faits sont là.

— Pourquoi Verne est-il aussi déprimé ?

— Les affaires ! Ça le ronge. Il a brûlé la chandelle par les deux bouts. Écoutez ! Vous ne pouvez pas vous imaginer ce que j'ai vécu. Cette vieille bique ne me quitte pas d'une semelle. Je ne vois jamais personne. Je suis seule en permanence dans cette fichue baraque avec cette vipère !

— Allons, du calme. Et puis d'abord, pourquoi ne sortez-vous pas ?

— Parce que Verne exige que je reste avec elle », a-t-elle répondu en se cachant le visage dans les mains. Elle parlait d'un ton grave et faisait manifestement des efforts pour se maîtriser. « Où que j'aille, quoi que je fasse, je l'ai toujours sur le dos, et cela depuis des années. Je vais devenir folle, oh, Seigneur, je sens que je vais devenir folle.

— Vous avez sans doute fait quelque chose qui... »

Elle s'est brusquement retournée. La vieille montait les marches à pas lents. On ne voyait encore que le sommet de son crâne, émergeant peu à peu dans notre champ de vision comme quelque fantastique apparition.

« Vite ! a chuchoté Petra. Fermez la porte. Et pour l'amour du ciel, ne songez plus à partir. »

Sur ces mots, elle s'est éclipsée. J'ai refermé la porte sur son parfum, mais une bouffée de jasmin s'est malgré tout infiltrée au passage. C'était curieux au fond. Elle en mettait si peu que si l'on essayait de le sentir, on n'y arrivait pas. Et pourtant, cette odeur suave subsistait toujours, subtile, délicate.

Ainsi, désormais, nous étions deux à nous cacher de la vieille.

J'ai ouvert la lettre de Madge pour m'apercevoir que l'enveloppe ne contenait que deux feuilles de papier blanc. Non ! Au bas de la deuxième feuille, de sa petite écriture de pattes de mouches, elle avait écrit quelque chose :

Cher Alex,

Remplis ces pages des choses que tu voudrais que je te dise et écris-moi souvent. J'en ferai de même.

De tout mon cœur,
Madge

Bravo ! Pour une fois que j'avais vraiment besoin de son réconfort ! Me faire un coup pareil ! Bien sûr, la lettre avait sans doute été expédiée au moment où je quittais Chicago. C'était sa manière à elle de me dire : « Amuse-toi bien. »

Elle m'écrirait chaque jour. De sorte que si je partais maintenant, ses lettres arriveraient ici, encore trois jours au moins après mon départ. Petra les lirait. Qui sait ! Peut-être irait-elle jusqu'à répondre à Madge. Oui, elle avait bien indiqué son adresse sur le dos de l'enveloppe. Ainsi je m'étais encore fourré dans de beaux draps. Comme d'habitude.

Je me suis installé au bureau pour rédiger une nouvelle fable de deux pages à l'adresse de Madge, lui racontant que je passais des vacances absolument délicieuses, qu'elle était merveilleuse. Puis j'ai glissé la lettre dans une enveloppe que j'ai fourrée sous le buvard.

Et pendant ce temps, Petra me souriait dans son hamac...

Elle avait vu juste à propos de Verne. S'il était vraiment méfiant à ce point, il ne faisait aucun doute qu'il soupçonnerait quelque chose si je m'en allais maintenant.

Debout à la fenêtre, je suis resté un long moment à regarder le jour décliner. Il n'était pas encore très tard. Un camion chargé de caisses de poulets bringuebalantes est passé en trombe, suivi quelques instants plus tard de deux filles en vélo, dont l'une agitait la main avec insistance en criant à tue-tête. Deux voitures se sont succédé. Puis il y a eu un vrombissement et une vieille guimbarde tonitruante est à son tour passée dans un nuage de poussière en soulevant des tourbillons de feuilles sur l'asphalte. À mesure qu'elle s'éloignait, la campagne a retrouvé un calme qui paraissait aussi précaire que le silence après la tempête. Le ciel était dégagé. Soudain, un coup de feu a claqué ; la détonation s'est répercutée pendant plusieurs secondes d'un vallon à l'autre avant de s'évanouir.

Je ne pouvais vraiment pas partir maintenant. Dehors, l'érable semblait rouge sang.

Pourquoi est-ce que Verne se comportait si bizarrement ? Que lui avait-elle fait ?

Il fallait que je cesse de me raconter des sornettes. De m'inventer mille et une excuses pour rester. J'aurais bien voulu partir mais je savais que je ne résisterais pas à la tentation de rester. Que tous les prétextes seraient bons pour faire taire ma conscience.

J'ai posé les mains à plat sur le rebord de la fenêtre et appuyé le front contre l'encadrement de bois. Il jouait légèrement, mais c'était frais, et la pression me faisait du bien.

Un jour, il y avait de cela des années, des années au cours desquelles tant d'eau avait coulé sous les ponts... dans une ville de France, se trouvaient deux hommes, Verne et Alex. La ville, si je ne me trompe, s'appelait Argentan.

On avait erré, harassés de fatigue, dans cet hôpital presque anéanti par les bombardements, tandis que d'autres projectiles tombaient encore du ciel à un rythme infernal. On n'en pouvait plus. Quelques religieuses s'obstinaient à soigner les blessés. Je revois encore le tissu noir, le blanc des cornettes, les chapelets, les pansements sanguinolents et une table sur laquelle s'entassaient pêle-mêle bras, jambes, couteaux aux odeurs nauséabondes. L'une des salles de l'hôpital avait en partie résisté à la pluie d'obus ; il restait encore deux murs, un morceau du plafond et quelques lits de fer sur deux rangées. Le pavillon des syphilitiques ! On était tellement fatigués ; sur le moment, on n'avait pas réfléchi.

Seulement on ne voulait pas s'attarder trop longtemps parce qu'on n'arrêtait pas de repenser à ce que cette salle avait été, était encore. Et que cette puanteur vienne de là ou pas, on se disait qu'il valait mieux s'en aller, même si on était tellement épuisés qu'on arrivait à peine à marcher.

« Debout, mon vieux. Allez ! J'ai trouvé du carburant ! » s'était écrié Verne en entrant précipitamment dans la salle où je m'étais finalement endormi.

Je m'étais traîné péniblement à sa suite, hors du pavillon, en bas d'un escalier où j'avais manqué de justesse de trébucher sur une main, puis derrière l'hôpital en ruine.

« Par ici », m'avait-il crié.

Il s'était engouffré dans une trouée d'obus crevant le flanc du bâtiment, puis, d'un bond, il avait disparu dans l'obscurité. J'avais contourné le mur, étais entré à mon tour par la porte de la cave, et avais dévalé un remblai. Je l'avais retrouvé un peu plus loin, assis dans la boue en train de boire dans son casque.

« Ils en ont loupé un, m'avait-il annoncé d'un air triomphant. Les autres sont criblés de trous mais celui-ci est intact. »

Il devait y en avoir huit. Huit tonneaux contenant plusieurs milliers de litres. La boue, c'était de la lie ; elle nous montait jusqu'aux chevilles. Comme Verne me l'avait fait si justement remarquer, ils en avaient épargné un. Un filet de vin s'échappait encore de quelques-unes des barriques percées. Il n'y avait donc pas très longtemps que ça s'était passé.

J'avais tourné le fausset et rempli ma timbale. C'était du bon vin.

« On va pouvoir tenir un moment avec ça. »

Nous avions bu copieusement.

C'était décidément de l'excellent vin. On s'était demandé comment ils avaient bien pu descendre les tonneaux jusque-là. Peut-être qu'ils les avaient transportés là avant d'achever la construction de l'hôpital, ou tout au moins d'un des murs de l'édifice. À moins qu'ils n'aient creusé une cave pour y loger les barriques avant d'entreprendre les travaux de fondation.

« C'est mieux qu'une dynamo de secours en cas de panne, avait remarqué Verne.

— Oui. De toute façon, on n'a pas besoin de lumière.

— Regarde un peu ! Je me frictionne les cheveux avec. Tu te rends compte ?

— Quel gâchis !

— Tu parles ! »

C'était du vin rouge. Un bon cru.

« Je me demande pourquoi ils ont épargné ce tonneau-là, m'étais-je étonné en avalant une bonne rasade. Il doit y avoir une raison. »

Ma timbale était en plastique, de sorte que le vin n'avait pas ce mauvais goût de métal. N'importe comment, il n'aurait pas eu mauvais goût.

Interloqués, nous avions échangé un long regard.

« Tu veux dire qu'ils ont peut-être mis quelque chose dedans, comme Borgia ? » s'était inquiété Verne.

Sans répondre, je m'étais aussitôt resservi tandis que mon ami vidait le contenu de son casque.

Nous avions médité longtemps sur le vin. La cave sentait bon. Nous n'avions pas tardé à être ivres. Nous étions des frères. C'était merveilleux d'être ensemble.

« Nous partageons ce vin, s'était exclamé Verne. Si j'avais une femme, elle serait aussi pour nous deux. Est-ce que tu es marié, Alex ?

— Non.

— Dans ce cas, on partagera la mienne, d'accord ?

— Tout à fait d'accord. Est-ce qu'il vaut mieux en avoir plusieurs plutôt qu'une seule ?

— Non, une seule, enfin une seule à la fois.

— Oui.

— En partageant. »

Un pan du bâtiment que nous ne pouvions pas voir de l'endroit où nous nous trouvions s'était effondré brusquement dans un vacarme épouvantable, faisant trembler les tonneaux vides. De la poussière mêlée de plâtre était tombée dans ma timbale. Comme Verne avait répandu le contenu de son casque sur ses pieds, il était aussitôt allé se resservir. Il ne tenait plus guère debout. Quand il buvait, il avait toujours du mal à garder son équilibre. De fait, il n'arrêtait pas de tomber. Et s'il y avait du verglas, il était tout le temps par terre. Je me souvenais de l'avoir vu un jour remonter un bon bout des Champs-Élysées à quatre pattes. Il m'avait expliqué qu'il faisait froid et que comme il pleuvait, il ne voulait pas prendre de risques.

La guerre avait été longue pour nous et on n'était pas encore sortis de l'auberge ; et puis on était fatigués et saouls, et nous étions des frères.

« Tu verras, avait-il continué. J'épouserai une femme ravissante. Tu viendras nous rendre visite et elle te tiendra chaud au lit.

— Merci, mon frère. »

Mais il n'avait pas vraiment dit ça sérieusement. Par la suite, il avait oublié. Et me voilà. J'ai jeté un coup d'œil à la photo de Petra dans son hamac.

Verne avait tellement changé… Il n'était plus le même. Quelque chose de terrible avait dû se passer. Je ne l'avais jamais vu ainsi.

Elle me souriait de son hamac. Je me suis approché du bureau pour retourner la photo.

Puis je suis sorti de ma chambre, j'ai contourné la cage d'escalier et longé le couloir jusqu'au bout. Il se terminait par une pièce qui devait faire pendant à ma chambre, même si ma porte donnait juste en haut de l'escalier alors que celle-ci était au fond du couloir ; elle était entrouverte.

C'était une vaste chambre. Tandis que j'hésitais encore à entrer, figé sur le seuil, j'ai compris à qui elle appartenait. Son parfum, parmi d'autres indices intangibles, ne m'a laissé aucun doute.

Un mélange d'excitation et de panique s'est emparé de moi, curieuse sensation que je n'avais jamais éprouvée auparavant. La pièce était vide. Elle n'était pas là.

Je ne voulais pas pénétrer chez elle ; j'ai lutté pour résister à la tentation avec l'énergie du désespoir. En franchissant le pas de la porte, j'avais l'impression de violer l'intimité de son être même. Tout ce qui composait cette pièce lui ressemblait. À gauche, du côté de la façade, d'immenses portes-fenêtres munies de balustrades et tendues de draperies d'un rouge singulier tirant sur le noir, qui s'accordait avec le pourpre intense des murs. Le plafond arborait la couleur d'un ciel nocturne, profond, évocateur, mais privé d'étoiles et de lune. Une vaste pièce digne d'une femme de tête, décorée avec soin par des mains sensuelles.

J'ai remarqué la moquette épaisse qui semblait se pelotonner contre les plinthes, ses reflets acajou, capiteux, presque éblouissants dans la lumière vacillante.

Je me sentais irrésistiblement attiré par cet endroit, comme je l'étais par Petra, tout en ayant la sensation troublante de pénétrer dans un vide enivrant, une atmosphère ténue où l'air raréfié s'enroulait en spirales dans une sorte d'enchantement sauvage, impérieux, comme lorsque deux amants à peine éveillés se retrouvent dans l'obscurité.

Le lit était immense, deux fois plus grand que la normale, avec des montants doublés de cuir brun et un dessus-de-lit de la même teinte que les murs. Tout le mobilier

– qui se composait d'une table, d'un bureau, de trois chaises, d'un petit sofa à droite de la porte et d'une coiffeuse massive – était recouvert de ce même cuir chatoyant, curieusement féminin, délicat, chaleureux. Comme un whisky raffiné du siècle dernier. Un vaste miroir teinté d'acajou surmontait la coiffeuse, aussi clair que le crépuscule d'un été tropical.

Un lieu troublant, sensuel, voluptueux. Repaire de libertinage et de passions secrètes.

Faisant demi-tour, je suis sorti précipitamment. J'ai brusquement éprouvé le besoin de respirer un autre air, d'échapper à tout cela. Pourtant, à cet instant, j'ai compris qu'il n'était plus possible pour moi d'y échapper.

L'immense miroir teinté m'avait renvoyé l'image d'un inconnu – d'un inconnu défiguré par la peur qui courait désespérément sans avancer d'un pas.

Ce soir-là, on a servi le dîner sur la véranda, devant la maison, juste sous les fenêtres de Petra, à l'abri des hautes haies. Petra et moi avons échangé des propos anodins mais ses yeux – les miens aussi probablement – parlaient un autre langage.

Elle a pourtant eu un mot malheureux, au moment où nous nous levions de table. Son bras venait de frôler le mien. Elle s'est alors retournée et m'a glissé à l'oreille : « Je me demande ce que Madge dirait de tout ça. » Puis elle s'est éloignée rapidement.

Je lui ai aussitôt emboîté le pas. Derrière nous, j'ai entendu le pas léger, furtif, de la vieille en pantoufles et le raclement saccadé de sa canne. Du reste, il y avait quelque chose de bizarre à propos de cette canne, car elle ne l'avait pas toujours avec elle. D'où j'ai conclu qu'elle n'en avait pas vraiment besoin. Comme Petra, je commençais à croire qu'elle m'épiait.

Quand je l'ai eue rattrapée dans le couloir, Petra s'est tournée vers moi et m'a dit : « Oh, si vous saviez ! Je donnerais une fortune pour être débarrassée de cette vieille chouette. »

Et cette nuit-là, elle m'a rendu visite dans ma chambre.

Chapitre huit

J'étais couché depuis une heure à me demander pourquoi je n'avais pas fermé à clé, quand la porte de ma chambre s'est entrouverte. J'ai alors compris pourquoi j'avais laissé le verrou ouvert.

Le clair de lune se répandait dans la pièce par les fenêtres de la façade, jetant sur le lit sa lueur blafarde. Elle est entrée sans un mot et a refermé derrière elle. Pétrifié, je me suis raidi sous mon drap mince.

« Bonsoir, Alex. »

Je n'ai pas répondu. Elle portait une chemise de nuit ultracourte, aussi vaporeuse que de la gaze. Je devais découvrir par la suite qu'elle était rouge : dans la pénombre, on n'aurait pas pu le deviner. Paralysé, je l'ai regardée approcher, ses longues jambes luisant dans la douce clarté. J'en avais le souffle coupé.

« Il fallait absolument que je vous voie.

— Sortez d'ici, Petra ! »

La petite chemise de nuit plissait sous ses seins provocants et flottait comme une caresse frémissante sur ses hanches. Elle s'est assise au bord du lit, avec légèreté, a croisé les jambes et m'a souri. La faible lumière de la lune nimbait sa silhouette. Le lit s'était un peu affaissé sous son poids et la chaleur de sa hanche s'est collée contre ma jambe. Il n'y avait que le drap entre nous. Je me suis vivement redressé, le dos plaqué contre la tête du lit, entraînant le drap avec moi.

Elle s'y est agrippée en même temps que moi et son geste brusque m'a dénudé jusqu'à la taille.

« Moi aussi je dors comme ça, a-t-elle gloussé. C'est pour vous que j'ai mis ça !

— Allez-vous-en ! » Je croyais déjà entendre le pas traînant dans les pantoufles, le martèlement régulier de la canne.

« Non.

— Petra !

— Non. »

Elle a posé la main sur mon bras. Je n'ai pas bronché. Sa poitrine pointait à travers l'étoffe fine. Ses cuisses reflétaient la lumière. On aurait dit de l'ivoire. Plus tard, elle devait m'avouer qu'elle aimait porter des chemises de nuit courtes parce que ça la chatouillait.

« Je ne suis pas venue pour vous ennuyer. Je ne vous veux que du bien, Alex.

— Je ne vous crois pas. » À chacune de ses inspirations, je frissonnais.

« Il faut absolument que vous m'écoutiez », a-t-elle dit.

Et pour la première fois ce soir-là, j'ai remarqué une certaine tension dans ses yeux, sur son visage. Son sourire s'était effacé et elle semblait respirer à peine. Elle a pivoté sur elle-même pour me faire face et a décroisé les jambes. Cela n'a fait qu'aggraver les choses. Le bas de son déshabillé est remonté encore un peu. J'avais la sensation d'être complètement à sa merci et me suis efforcé de penser à Madge, d'invoquer son image.

« C'est au sujet de Verne, a-t-elle repris sans se démonter.

— Imaginez que sa mère vous trouve là. »

Ses ongles se sont enfoncés dans mon bras. « Taisez-vous ! »

Je l'ai écoutée respirer.

« Il y a une chose qu'il faut que vous sachiez : je ne suis pour rien dans ce qui lui arrive, Alex. Seulement je suis trop pour lui.

— Trop ?

— Oui, a-t-elle soufflé. Il n'a jamais pu me rendre heureuse. Maintenant, il n'essaie même plus.

— Vous voulez dire que... » J'ai tâché de m'écarter mais chacun de mes mouvements semblait nous rapprocher inexorablement. « Vous voulez dire que si Verne est comme ça... c'est à cause de vous.

— Oui. Enfin, il est complètement vidé. Une vraie loque. Il n'y a plus rien à en tirer. »

J'ai imaginé Petra en vampire.

« Il me tient cloîtrée ici. En plus, il me frustre et ne me donne aucun plaisir. Je vous assure. C'est la vérité.

— Pourquoi me racontez-vous tout ça ?

— Parce que je vous aime, Alex. Il faut que vous le sachiez. Et vous aussi, vous m'aimez. Ne me dites pas le contraire !

— Mais ce n'est pas vrai ! Vous vous trompez complètement !

— Ne dites pas ça ! » Elle a resserré son emprise sur mon bras. « Vous ne le pensez pas. Verne a tenté sincèrement de m'aimer, mais au fond, il n'a jamais pu. »

L'odeur de son parfum, la chaleur de son corps... J'ai à peine reconnu ma voix : « Pourquoi ne divorcez-vous pas ?

— Pour tout perdre ? Son argent ? Il mourra bien un jour. Je pourrais aisément le tuer, je crois. Il me suffirait de... Il a le cœur faible... »

J'ai violemment repoussé sa main, me redressant sur mon séant, cramponné au drap humide de sueur. « Foutez le camp ! Sur le champ !

— Écoutez-moi ! Il faut que vous m'écoutiez. De toute façon, il n'accepterait jamais de divorcer. Il tient à me garder. Il aime me torturer. » Sa voix s'était réduite à un murmure strident. Les mains posées sur ma poitrine, elle s'est penchée vers moi ; son épaisse chevelure a balayé mon épaule lorsque son visage s'est approché du mien. « Je l'ai vu s'enfoncer. Depuis le début. Les difficultés qu'il a en ce moment n'arrangent rien. Il maigrit à vue d'œil. Je vous aime, Alex. Êtes-vous aveugle ? Ça fait des mois que je vous aime.

— Vous ne m'aviez jamais... On s'est vus hier pour la première fois.

— On n'avait pas besoin de se voir. Mes lettres vous le disaient. »

J'ai effleuré sa cuisse du bout des doigts. Un mouvement de recul incontrôlé a porté ma main au niveau de sa poitrine. Elle s'en est emparée au passage et l'a retenue contre elle, dans cette douce vallée obscure qui séparait ses seins. Son souffle sur ma peau, l'odeur de son parfum, les frémissements de nos deux corps tout proches.

« Vous m'écriviez régulièrement, a-t-elle murmuré. Vous deviez bien le savoir. Ne me dites pas que ce n'est pas vrai. Je ne le supporterais pas. Nous devons nous rendre à l'évidence. Il est trop tard pour reculer.

— Mais enfin, Petra !

— Oui ! »

Elle s'est jetée sur moi. Je l'ai prise dans mes bras et l'ai serrée contre ma poitrine. Ses lèvres ont frôlé les miennes mais soudain, elle s'est arrachée à mon étreinte en prenant appui sur le lit avec le genou.

« Petra !

— Pas maintenant. C'est impossible. La vieille... »

Je me suis agrippé à sa chemise de nuit. Elle s'est dégagée avec une tape sur les doigts. « Il faut attendre ! »

Elle s'était levée et demeurait près du lit, sa poitrine se soulevant et s'abaissant tour à tour, frénétiquement, dans le clair de lune.

« Petra, vous me dites la vérité ?

— Oui. Vous avez vu mon mari. C'est un homme fini. »

Je l'ai dévisagée, horrifié.

Comme elle se penchait sur moi, ses cheveux se sont abattus sur mon visage tandis que sa bouche cherchait la mienne. Finalement, elle s'est redressée et s'est dirigée vers la porte.

« Voilà, a-t-elle dit. Vous pouvez partir maintenant si vous voulez. Si vous y arrivez. » Parvenue à la porte, elle s'est retournée. « Mais n'oubliez pas ce que je vous ai dit à propos de Verne. Il n'y a jamais eu d'autre homme dans ma vie. J'ai bien essayé une fois. Je n'en pouvais plus. Mais il ne s'est rien passé. Verne nous a pris en flagrant délit. Maintenant, si cette situation vous paraît impossible, rien ne vous empêche de vous en aller. »

Elle avait quitté la pièce. La porte s'était refermée sur elle mais l'air vibrait encore de sa présence. Mes draps étaient trempés, glacials.

Un instant plus tard, j'ai entendu sa voix dans le couloir. Je me suis levé précipitamment.

« Allez vous recoucher, Mère, hurlait-elle. Qu'est-ce que vous faites là à cette heure-ci, pour l'amour du ciel !

— Putain ! Sale putain ! » braillait la vieille.

J'ai discrètement entrebâillé la porte.

« Je ne lui dirai rien. Pas tout de suite », a-t-elle encore bougonné.

Petra regagnait sa chambre d'un pas raide. Sa porte a claqué. La vieille se tenait au milieu du couloir, dans sa chemise de nuit en flanelle, ses cheveux gris ébouriffés autour de son petit visage sournois. Ses bras tremblaient comme des roseaux. Finalement, elle s'est retournée et s'est éloignée de sa démarche traînante. J'ai refermé la porte et me suis aussitôt recouché.

Je n'ai pas pu trouver le sommeil jusqu'à ce que l'aube répande ses premiers tentacules gris sur le plancher de la chambre. J'étais au moins sûr d'une chose : il n'était pas question que je reparte pour le moment.

Elle me torturait mais il fallait qu'elle m'appartienne, à n'importe quel prix. Même si je devais la prendre de force. C'était peut-être ce qu'elle attendait d'ailleurs. Je n'étais pas très fier de moi. J'avais déjà un poids sur la conscience. Mais je savais que rien ne pourrait m'arrêter. La tentation était trop forte.

À mon réveil, les choses me sont apparues sous un jour différent. Pris de remords, j'ai décidé de lutter. De rester pour lutter. Je savais pertinemment que j'avais intérêt à la boucler, mais je me suis quand même promis d'avoir un petit entretien en tête à tête avec Verne.

De toute façon, il y avait des chances pour qu'il ne soit pas de retour de sitôt.

Chapitre neuf

Verne a appelé à dix heures. Petra s'est entretenue quelques instants avec lui au téléphone, puis s'est tournée vers moi. « Il veut vous parler, Alex. »

La grand-mère était en train de prendre son petit déjeuner dans la cuisine.

« Très bien », ai-je fait en la délestant du combiné.

Elle est restée à mes côtés, se pressant contre moi, me caressant le dos ; puis elle a souri et s'est enfin écartée.

« Alex ! Comment ça va ? »

Le ton de sa voix à l'autre bout du fil m'a fait tressaillir. Il semblait plein d'entrain, tout à fait requinqué...

« Très bien, ai-je répondu. Ça va très bien. Sauf que c'est quand même sacrément dommage que tu ne sois pas là.

— Justement, c'est pour ça que je t'appelle. Je suis absolument désolé mais je ne pourrai malheureusement pas être de retour avant samedi, je ne sais pas encore à quelle heure. »

Samedi ! Nous étions mercredi. Non, mardi. Pas avant samedi ! Petra me considérait en hochant la tête. Elle portait une jupe noire et un chemisier blanc moulant ; un bandeau jaune lui enserrait les cheveux. Tandis que je l'observais ainsi, elle a rajusté son chemisier dans la ceinture de sa jupe en le lissant soigneusement.

« Désolé, mon vieux, a continué Verne, mais c'est comme ça. Les choses ne s'arrangent pas ici. Je me suis retrouvé avec une grève sur les bras et il m'a fallu augmenter les salaires. On m'a fourgué dix chargements de bois tout juste bon à construire des hangars. J'ai dû retourner l'ensemble. Et puis j'ai découvert que mon chef de chantier m'arnaquait. Il m'a fallu le renvoyer et en embaucher un autre. Sans compter que le gouvernement vient de prendre de nouvelles dispositions complètement stupides.

— Fichtre ! » me suis-je écrié.

Et soudain j'ai compris que je tenais ma chance. Ma chance de partir et aussi de m'expliquer. Déjà comme ça, ce ne serait pas une mince affaire, mais tellement plus facile que de rester et d'affronter la suite. J'ai regardé Petra droit dans les yeux en faisant la moue. Elle a pressenti quelque chose.

« Écoute, Verne. C'est superbe ici, mais tu ne crois pas qu'il vaudrait mieux que je rentre à la maison en attendant que les choses s'arrangent pour toi... »

Il m'a coupé la parole d'un ton sec et hargneux. « Il n'en est pas question. Je ne veux plus entendre parler de ça. Si tu changes tes plans, ce sera pour prolonger ton séjour, un point c'est tout ! »

Le regard de Petra était fixé sur moi. Au début, elle avait plissé les yeux mais maintenant qu'elle voyait ma mine défaite, elle avait retrouvé son sourire.

J'ai deviné qu'il était inutile d'insister, de peur d'éveiller ses soupçons. Dire qu'on en était là ! « Très bien, Verne. Rentre dès que tu peux. Nous n'avons même pas encore eu le temps de prendre une cuite ensemble.

— Ouais. Bon, il faut que je file, maintenant, Alex. Amuse-toi bien. Dis à Petra de t'emmener au bord du lac.

— Oui, oui.

— Comment va ma mère ?

— Bien. Elle va bien.

— Ah, au fait, j'ai oublié de régler Jenny et la cuisinière. Dis à Petra que nous leur devons deux semaines.

— C'est entendu.

— Merci. Alors à samedi. »

Il avait raccroché. Il n'y avait plus personne au bout du fil.

« Vous voyez bien, Alex ? a murmuré Petra. Vous ne pouvez plus partir à présent. D'ailleurs, en aviez-vous vraiment l'intention ? »

Nous avons longé le bord du lac sur une bonne quarantaine de kilomètres avant de nous arrêter pour déjeuner dans un drive-in proche de Canyonville. Puis nous avons repris la route.

On ne parlait pas beaucoup. La grand-mère s'était calée comme de coutume au milieu de la banquette arrière. Elle radotait sur le paysage et commençait à me fatiguer. Mais le simple fait d'être assis à côté de Petra, de pouvoir la regarder de temps en temps du coin de l'œil en écoutant sa voix vibrante suffisait à me combler.

« Oh, j'ai oublié de vous dire, me suis-je soudain écrié. Verne m'a chargé de vous rappeler que vous deviez deux semaines à Jenny et à la cuisinière.

— Entendu, a-t-elle répondu sans me regarder. Bon ! Nous allons nous garer ici et descendre au bord du lac. »

Il y avait des pins tout autour, et une étroite ravine, de plus en plus profonde, qui dégringolait la pente à flanc de coteau. Entre les cimes des arbres, on apercevait le lac qui reflétait le soleil dans ses facettes bleues.

« Je vais montrer le lac à M. Bland, a crié Petra en se tournant vers la mère de Verne. On revient juste après. »

La bouche de la vieille s'est tordue en une sorte de sourire narquois. J'ai vu trembler le menton de Petra. Elle a ouvert la portière, fait le tour de la voiture en courant et dévalé la pente parmi les arbres, en direction du lac. Sa jupe s'enroulait autour de ses jambes qui luisaient dans la clarté de ce début d'après-midi. Juste avant de disparaître dans la pénombre des arbres, elle s'est retournée pour m'appeler : « Alors, vous venez ou quoi ?

— J'arrive. » Puis m'adressant à la vieille, j'ai ajouté : « Excusez-moi. Nous n'en avons pas pour longtemps. »

J'avais oublié qu'elle était sourde. Elle surveillait la lisière du bois, là où Petra avait disparu.

J'ai descendu la pente à mon tour en suivant le même chemin. Il faisait très bon. À mesure que je me rapprochais du lac, l'air se rafraîchissait et je sentais l'humidité ambiante. Petra m'avait expliqué qu'une source limpide et glaciale alimentait ce lac. D'agréables baignades en perspective pour qui aime ces eaux pures qui vous glacent le sang.

« Il est un peu tard dans la saison pour nager, non ? lui avais-je demandé.

— C'est à vous de voir. »

Je suis entré dans le sous-bois en longeant l'étroite ravine où coulait un ruisseau sur un lit d'ardoise noire, dont je n'ai pas tardé à atteindre la rive. Le lac devait faire deux à trois kilomètres de large. La plus imposante des collines qui surplombaient l'autre berge me faisait songer à quelque énorme monstre, un bison peut-être, couché, endormi.

Je n'avais pas remarqué la présence de Petra. Sa voix m'a fait sursauter.

« Allons, dépêchez-vous, Alex ! »

Elle était là, debout, au bord de l'eau. Nue.

Je suis resté immobile un long moment, incapable de bouger ou de penser. Le soleil qui pointait au-dessus de la cime des arbres se réfléchissait sur son dos.

Lentement, elle s'est tournée vers moi. « Venez ici, Alex. »

J'ai fait deux pas vers elle avant de me figer. « La grand-mère ! me suis-je écrié. Elle va… Petra ! »

J'ai reculé, bouleversé. Elle s'était mise à avancer vers moi, prudemment, sur les galets de la rive. Ses cheveux flottaient dans le vent, autour de son visage rayonnant. Elle était superbe. Trop superbe. Le souffle coupé, je l'ai dévorée des yeux. « Petra ! »

La voix de la grand-mère nous est parvenue de la route, juste au-dessus des arbres.

« Oh, Seigneur ! » a gémi Petra.

Je me suis retourné brusquement et suis reparti au pas de course vers la voiture. En franchissant le lit du ruisseau, j'ai trébuché et glissé plusieurs fois sur l'ardoise noircie ; à un moment donné, je me suis même enfoncé dans l'eau presque jusqu'aux genoux. Comme j'escaladais le talus, juste avant la route, j'ai jeté un coup d'œil par-dessus mon épaule, mais Petra n'était plus en vue. Jamais je n'oublierais cette vision d'elle, sur la berge du lac. Sa peau crémeuse luisant comme de l'or, sa chevelure noire balayant ses épaules, sa gorge semblable à une brume dense, embrasée par le soleil couchant.

Comme je restais là, près de la voiture, des éclaboussements se sont élevés de la pinède. J'ai maudit la vieille en silence ; puis je l'ai maudite à voix haute, sachant qu'elle ne m'entendrait pas. Je l'ai insultée et sans relâche, jusqu'à ce que je ne trouve plus rien à dire. Ensuite, je l'ai rejointe dans la voiture. Elle avait les yeux toujours fixés sur l'endroit où Petra avait disparu.

Cette dernière n'a pas tardé à remonter. « Ça en valait vraiment la peine ! » a-t-elle lâché, le souffle court.

Je l'ai regardée ; ma main a effleuré sa jambe. Sa jupe était trempée. Ses cheveux aussi. Elle sortait de l'eau.

« Je me suis baignée, a-t-elle dit. Vous auriez dû en faire autant, Alex. » Puis elle s'est tournée vers la mère de Verne. « Je me suis baignée, a-t-elle répété en hurlant. Je suis sûre que vous aimeriez bien pouvoir en faire autant, hein, Mère ? »

La vieille n'a rien répondu.

Les jours passaient comme l'ombre sur un cadran solaire qu'on regarde d'heure en heure. Petra me torturait et j'étais sans défense.

Lorsque nous étions en présence de la vieille, elle m'abreuvait de regards prometteurs et de cajoleries clandestines. Mais dès l'instant où nous étions seuls... c'était tout juste si elle me laissait la prendre dans mes bras.

« Vous voudriez que je me donne à vous sur-le-champ, n'est-ce pas ?

— J'y arriverai.

— Attention. La voilà !

— Petra, trouvons un endroit tranquille.

— Nous ne pouvons pas laisser Mère seule. Elle nous suivrait. Et puis, elle se méfie maintenant. Elle dit des horreurs à mon sujet. »

Mercredi, jeudi, vendredi... samedi. Ç'a été la journée la plus longue. Samedi. Et aussi le jour où je me suis aperçu que je n'avais donné aucune nouvelle à Madge, ni même posté la lettre que je lui avais écrite. Je me suis résolu à aller vérifier le contenu de la boîte aux lettres. Au-dessus, sur une plaque en cuivre, j'ai lu le numéro 13. 13 French Street. Combien de fois avais-je écrit cette adresse sur une enveloppe ?

Il y avait trois lettres de Madge. Je les ai montées dans ma chambre et les ai disposées en éventail sur ma table sans les ouvrir.

La grand-mère était partout. Elle nous suivait comme une ombre. Sa canne ne la quittait plus et elle ne parlait quasiment plus en ma présence.

Je ne pensais plus qu'à une chose : posséder Petra. Je ne comprenais pas pourquoi elle se dérobait ainsi, ce qu'elle cherchait, puisqu'elle disait m'aimer. Elle me le répétait en permanence. Ses lèvres, ses mains l'exprimaient aussi, mais dès que nous étions seuls, elle m'échappait comme une anguille.

J'avais perdu le sommeil. Je me suis soudain souvenu que le carafon de whisky dans le bureau de Verne était vide. Le samedi matin, il était de nouveau plein. Jenny et la cuisinière semblaient s'être volatilisées depuis le jour de mon arrivée.

« Je leur ai donné quelques jours de congé », m'a répondu Petra quand je l'ai interrogée.

Je sentais que je commençais à dérailler ; en tout cas, j'attendais avec impatience le retour de Verne, même si cela ne m'enchantait guère, car j'en venais toujours à penser qu'au fond, c'était mon dernier espoir.

Quelque chose allait se produire, mais quoi ? J'étais en train de perdre peu à peu le contrôle de moi-même. Peut-être était-ce parce que nous passions tant de temps ensemble, elle et moi ? Quoi qu'il en soit, je n'avais plus la force de lutter. Elle me rendait fou. Il aurait pu me tomber du ciel des femmes de toutes les formes ou de toutes les tailles, cela n'aurait rien changé. Il n'y avait que Petra qui comptait.

Quand je pensais à Madge, c'était comme un autre jour, une autre année, un passé révolu, voire inventé. Chicago n'avait plus aucune réalité à mes yeux. Seulement Petra.

Sauf lorsque ma conscience me tourmentait. C'est alors que je m'attaquais à la bouteille. Oh, pas beaucoup ! Juste un petit peu. Juste assez pour résister à la morsure brutale du désespoir.

Il m'est arrivé de lui arracher son chemisier. Une autre fois, je l'ai agrippée par les cheveux en lui jurant que cette fois-ci, elle ne m'échapperait pas.

« Je vais crier, Alex. Elle est dans la pièce à côté. Je vais crier ! »

Et bien sûr, elle l'aurait fait, je le croyais en tout cas. À partir du mercredi, les promenades ont cessé. La vieille voulait en permanence aller faire un tour. Petra refusait systématiquement. On aurait dit qu'elle s'ingéniait à la faire sortir de ses gonds.

Elle était d'ailleurs très forte à ce petit jeu-là. Quand je protestais, elle souriait, l'air de m'exhorter à la patience.

Je me sentais lâche. Je me répétais sans arrêt que je n'avais qu'à la prendre de force. Mais je n'en faisais rien. J'attendais. Je ne supportais plus de rester seul. Je la cherchais tout le temps, partout. J'étais fou d'elle, malade de désir, comme il n'est pas permis.

« Vous êtes un faible, Alex. Vous ne partirez plus maintenant. C'est impossible.

— Non, je ne m'en irai pas, lui ai-je rétorqué en la regardant bien en face. Je ne voudrais pas me montrer brutal, Petra. Mais vous allez finir par m'y obliger.

— Voyons, cela ne fait que quelques jours, vous le disiez vous-même.

— Cela fait déjà trop longtemps. Je ne comprends pas ce qui m'arrive.

— Vous devez me désirer autant que je vous désire. »

Je l'ai serrée contre moi sans ménagement, enfouissant mon visage dans ses cheveux, effleurant ses lèvres rouges et tièdes, et la plupart du temps lorsque j'étais avec elle, je ne savais plus ce que je disais. Je la guettais comme un chat et la grand-mère nous guettait tous les deux.

Verne est rentré le samedi en fin d'après-midi.

Il était transformé, se montrait loquace. Il avait même repris des couleurs. Il ne serait plus jamais l'homme que j'avais connu autrefois, mais il avait perdu cet air pitoyable ; il avait retrouvé son entrain et nous regardait d'un œil vif.

« Alors, ça s'est bien passé ? ai-je demandé.

— Épouvantable, Alex. Si je suis rentré, c'est parce que tu étais là. Il faut que je reparte dès demain soir. »

Une sorte de joie triomphante, brûlante, presque maniaque s'est emparée de moi.

Nous nous sommes installés dans le salon où Petra nous a préparé des cocktails. Elle me souriait derrière son dos et me frôlait chaque fois qu'elle passait à côté de moi. J'avais envie de la battre, de la gifler, tout en sachant que je n'en ferais rien. À présent, elle m'apparaissait comme une femme brimée, pleine de vie et d'enthousiasme, qu'on avait reléguée en ce lieu qu'elle exécrait. Pourtant, ma conversation avec Verne a dissipé en partie cette impression.

« Il est bon, ce whisky, a-t-il fait remarquer. Il va m'en falloir pas mal ce soir. Et puis je rêve d'un bon dîner.

— Je vais le préparer moi-même, a dit Petra. Un rôti, ça te va ?

— Comment se fait-il… ? » Il paraissait inquiet et une lueur étrange a traversé ses yeux.

Je suis alors intervenu : « Petra a donné quelques jours de congé à Jenny et à la cuisinière.

— Ah ! Et en quel honneur, Petra ? Est-ce que tu les as payées ?

— Oui, je les ai réglées lundi matin.

— Et on ne les a pas revues depuis ?

— Non », a-t-elle répondu sur un ton plein de défi. Son regard s'était assombri. « Si tu tiens absolument à le savoir, Verne, je les ai renvoyées. Toutes les deux. »

Il n'a même pas posé de questions. Mais à partir de cet instant, je l'ai vu se recroqueviller de nouveau. En l'espace d'une heure, il n'était plus que l'ombre de lui-même, pâle, anéanti.

Après le dîner, j'ai tenté en vain de reprendre la conversation.

« Je suis éreinté, a-t-il fini par me dire. Demain, nous aurons le temps. »

Demain…

Il est allé se coucher, épuisé, misérable.

« Pourquoi avoir congédié les domestiques ? ai-je demandé à Petra.

— Vous ne vous en doutez pas ? » m'a-t-elle répondu en m'enserrant la taille.

Demain…

Chapitre dix

À dix heures et demie, le dimanche matin, Verne n'était toujours pas levé. J'avais encore passé toute la nuit à penser à Petra. Après le petit déjeuner, je me suis rendu directement dans le bureau de Verne et j'ai commencé à m'attaquer au carafon de whisky. Je crois bien que je me suis un peu saoulé.

« Alex, venez ! Elle est dans la cuisine. »

Petra se tenait sur le seuil du bureau. Elle portait une jupe blanche plutôt courte, un chemisier outrageusement transparent et des sandales rouges.

« Ma parole, vous avez bu, m'a-t-elle gentiment réprimandé tandis que je l'enlaçais. Il part ce soir.

— Vous l'avez laissé vous toucher hier soir ?

— Non. Grand Dieu ! non », m'a-t-elle répondu en riant.

Mes mains erraient le long de ses hanches ; je l'ai serrée plus étroitement contre moi. Alors elle s'est échappée en pirouettant et s'est élancée dans l'escalier. J'ai compris que le moment tant attendu était venu. J'ai couru après elle, le sang battant dans mes tempes sous l'effet du whisky. Désormais, inutile de m'en faire. Je savais comment m'en sortir. Il suffirait que je dise la vérité à Verne : je lui avouerais que j'étais amoureux de sa femme. Qu'elle ne voulait plus de lui. Oui, c'était ça, la solution.

Elle a pénétré dans sa chambre, au bout du couloir. Je l'y ai suivie avant de refermer la porte derrière moi. Les fenêtres étaient ouvertes et une brise fraîche agitait doucement les rideaux.

Elle m'a regardé, incrédule, et quelque chose comme de la peur est apparu dans ses yeux.

« Allez-y, criez ! » l'ai-je encouragée en me rapprochant d'elle.

L'alcool bouillait dans mes veines.

« Je n'ai aucune envie de crier, Alex. Alex ! »

Je lui ai arraché son chemisier, dénudant sa poitrine. Elle a fait un pas en arrière, s'est heurtée au canapé sur lequel elle s'est laissée tomber. Je l'ai forcée à se relever en la tirant à moi. D'abord elle a essayé de se dégager en se tortillant dans mes bras. Puis, brusquement, elle s'est rendue. Nous nous sommes étreints furieusement.

« Vous voyez ! a-t-elle haleté. L'attente, c'est si bon ! »

Elle parlait alors même que nous nous embrassions, et je n'ai pas entendu la porte s'ouvrir. Je n'ai rien entendu parce que je ne voulais rien entendre, jusqu'à ce que la vieille s'écrie : « Enfin, je vous y prends ! Je savais bien que j'y arriverais ! »

Nous nous sommes aussitôt écartés. Petra n'a même pas essayé de se couvrir la poitrine.

« Je vais le dire à mon fils, s'est exclamée la vieille de sa voix aigrelette. Putain ! Sauvages ! » Elle a pénétré plus avant dans la chambre en faisant tournoyer sa canne en l'air. Malgré mon affolement je me suis demandé comment elle pouvait brandir une canne aussi lourde, alors qu'elle était si chétive.

« Sûrement pas ! » a murmuré Petra avant de s'élancer vers la vieille.

J'assistais à la scène, impuissant, cloué au sol, les pieds comme englués dans la moquette épaisse.

Petra avait saisi la vieille par le devant de sa robe et elles se sont mises à s'empoigner violemment. Son petit visage sournois déformé par la rage, la mère de Verne assenait des coups de canne à sa belle-fille. Elles se débattaient comme des forcenées devant la fenêtre ouverte. Soudain le corps de la vieille a basculé en arrière et s'est abattu contre la balustrade.

« Je te hais ! je te hais ! » marmonnait Petra tout en la frappant encore et encore.

La vieille s'est mise à gémir lamentablement. Sa canne est tombée à terre, où elle a rebondi sur la moquette. Je me suis précipité vers elles. Mais il était déjà trop tard.

« Rattrape-la ! » ai-je crié.

La forme mouvante de Petra s'interposait entre la vieille et moi. La balustrade a cédé d'un coup. J'ai perçu le cri étouffé de Petra. On a entendu un bref sifflement, un peu comme une rafale de vent s'engouffrant dans une allée, puis un choc assourdi.

Petra s'est retournée en s'appuyant contre l'embrasure de la fenêtre, les yeux écarquillés, la poitrine haletante. « Alex ! a-t-elle soufflé. Alex ! »

Je l'ai saisie par le bras, l'ai jetée sur le tapis et me suis penché par-dessus la balustrade dont le bois pourri venait de céder. La mère de Verne s'était écrasée sur le sol dallé du patio, deux étages plus bas. Masse informe d'étoffe grise.

Une petite brise agitait les rideaux.

« Elle est sûrement morte », ai-je dit.

Au moment où je me retournais, Petra s'est mise à hurler. Elle a crié trois fois. Puis elle s'est tue et m'a dévisagé.

Demain… demain… demain…

Chapitre onze

« Mais enfin, qu'est-ce qui se passe ? »

C'était la voix de Verne. Je l'ai entendu qui courait pieds nus sur le parquet.

« Vite, Petra ! Couvrez-vous ! »

Je me suis élancé vers la porte, au moment où Verne faisait irruption dans la chambre, en pyjama blanc. Il s'est rué sur sa femme. Elle s'était réfugiée de l'autre côté du lit défait, enveloppée dans un peignoir couleur de feu.

« Qu'est-ce qui se passe ? » a répété Verne, le visage hagard, les cheveux ébouriffés. « Qui a crié ?

— J'allais me lever quand elle est entrée », a-t-elle menti en désignant la fenêtre. Elle s'est pris la tête dans les mains. « Oh, mon Dieu, Verne ! Elle a perdu l'équilibre, tenté de se rattraper à l'embrasure de la fenêtre... Alex est arrivé avant toi.

— Quoi ? Quelle fenêtre ? De qui parles-tu ? »

Il a avancé d'un pas et la canne de sa mère a roulé sous son pied. Son regard s'est figé sur l'objet ; lentement, il a semblé émerger de sa torpeur. Ses yeux se sont fixés sur la fenêtre, la balustrade effondrée. Il s'est élancé d'un bond, a jeté un regard en contrebas. Ses épaules se sont mises à trembler. Petra s'est tournée vers moi. La peur se lisait sur son visage.

Verne nous montrait toujours son dos.

« Elle a disparu tout d'un coup. Elle s'est appuyée à la balustrade et puis elle est tombée. Je ne sais pas ce qu'elle voulait. Elle n'a rien eu le temps de dire. Elle a juste... elle a juste... »

C'était du grand art. Elle s'est assise sur le lit et s'est mise à sangloter.

Verne a lentement pivoté sur lui-même, nous dévisageant tour à tour. Puis, brusquement, il est sorti de la pièce en courant. Ses pas ont résonné dans l'escalier.

Petra m'a adressé un regard lourd. « Allez avec lui ! a-t-elle chuchoté. Dépêchez-vous ! Sinon il risque de se douter de quelque chose.

— Vous l'avez poussée, me suis-je écrié. Vous l'avez tuée.

— Non, non, non. Ne dites pas de bêtises. Dépêchez-vous de descendre, Alex. Dépêchez-vous, je vous dis ! »

Mon regard s'est attardé un instant sur son beau visage et j'ai eu l'impression de sentir les flammes de l'enfer me lécher les pieds. Puis je me suis élancé à la poursuite de Verne.

Je l'ai trouvé dans le patio, penché au-dessus du corps de sa mère. On voyait tout de suite qu'elle était morte. Sa tête s'était fracassée comme une orange. Elle avait atterri sur le dos. Son visage était serein. Sa jambe droite était repliée sous elle et le bout de sa bottine émergeait au-dessus de son épaule droite.

Nous sommes restés silencieux. Verne semblait incapable de détourner le regard. Finalement il est allé s'asseoir à la table de jardin en se mordillant la lèvre. Il ne s'est interrompu que le temps de lever les yeux vers la fenêtre, avant de recommencer.

J'ai entendu Petra approcher. Elle est passée à côté de moi, sans même jeter un coup d'œil au cadavre, et est allée se planter devant Verne. Il ne l'a pas regardée non plus.

« Verne, a-t-elle commencé. Je ne sais pas quoi dire…

— Alors ne dis rien. »

Je n'avais pas bougé. Petra m'a fait face, m'offrant un visage tranquille, sans la moindre trace d'inquiétude.

Une mouche surgie de nulle part est venue se poser sur le nez de la vieille, puis elle est remontée le long de sa joue jusqu'à l'œil gauche à demi clos, où elle s'est arrêtée. Une brise légère faisait frissonner la robe grise. La mouche ne bougeait plus.

Verne s'est levé, a contourné le corps et s'est dirigé vers la porte d'entrée. « Le téléphone, a-t-il marmonné, le téléphone. »

Il avait l'air perdu, avec ses cheveux hirsutes, son pyjama froissé, ses pieds nus.

Quand mes yeux sont revenus sur le cadavre, la mouche avait disparu. J'ai fermé les yeux. Les feux arrière d'un taxi ont clignoté au coin de la rue…

« Vous l'avez tuée », ai-je affirmé

Petra m'a dévisagé.

« Vous l'avez tuée. Vous l'avez poussée par la fenêtre. »

Remontant ses cheveux sur sa nuque, elle m'a fixé sans ciller, avec un air serein. Elle avait revêtu une petite robe noire, rehaussée d'un foulard blanc vaporeux, noué autour de sa gorge. « Voyons, Alex, a-t-elle répliqué, ne soyez pas stupide. Vous ne savez pas ce que vous dites. »

Elle s'obstinait à nier.

« Vous avez profité de l'occasion. Les risques étaient minimes. Vous n'avez pas hésité. »

Nous nous parlions par-dessus le cadavre ; le corps de la vieille gisait entre nous. J'étais glacé d'horreur ; aussi incapable de réagir qu'une planche ou une plaque d'acier. Soudain, j'ai eu l'impression qu'on donnait un grand coup de maillet sur la plaque d'acier. Enjambant la morte, j'ai fondu droit sur Petra.

Elle a pivoté, fendu la haie et battu en retraite derrière la maison. Je n'ai pas tardé à la rattraper et à la plaquer sans ménagement contre le mur.

« Tu n'es qu'une putain ! Une putain et une criminelle ! »

Je l'ai maintenue fermement contre le mur de briques rouges. Elle piétinait un parterre de fleurs. Mais c'était l'automne et la nature agonisait déjà ; les plantes craquaient sous ses pieds.

« Il ne faut pas qu'il nous trouve ici, Alex. Pas comme ça. »

J'ai resserré mon emprise. Elle n'a pas bronché. Son effronterie naturelle se lisait dans ses yeux, dans la contraction de sa bouche, et il m'est alors apparu que rien ne pourrait l'entamer.

« Je vais tout lui dire. Je vais lui conseiller d'appeler la police plutôt qu'un médecin. À quoi ça servirait, un médecin ? Elle est morte, et c'est toi qui l'as tuée. »

Se passant la langue sur les lèvres, elle a baissé les yeux un court instant. Puis elle a replongé son regard dans le mien, avec une intensité redoublée. « Non, Alex. Tu ne feras pas une chose pareille. Tu as trop envie de moi.

— Et vaniteuse avec ça ! Pour qui te prends-tu ?

— Pour ce que je suis, Alex. Et puis si tu commences à leur raconter tout ça, que vont-ils penser ? Songe à ce qui pourrait t'arriver si la police s'en mêle.

— Tu es un démon !

— C'est ça qui te plaît ! » Ses mains ont remonté le long de mes bras. Je les ai repoussées brutalement. « Tu es aussi impliqué que moi dans cette affaire. Tu ne le vois donc pas ? Elle est bien mieux où elle est maintenant. Dis un mot et nous nous retrouverons dans le même bain. Si l'on parvient à prouver quoi que ce soit. Ce dont je doute. Nous avons déjà suffisamment attendu. Nous avons donné à Verne une version des faits… il est trop tard pour en changer.

— Nous ? D'où sors-tu ce "nous" ?

— Alex, si tu ne me lâches pas immédiatement et si tu ne cesses pas de faire l'idiot, c'est moi qui vais aller trouver Verne. Je lui dirai que c'est toi qui as poussé la vieille parce qu'elle t'avait surpris en train d'essayer de me violer. »

J'ai grimacé un sourire. Puis-je l'ai lâchée et me suis écarté d'elle. Brusquement, j'ai éclaté d'un rire hystérique : une pauvre vieille femme gisait morte à quelques pas de là, et ce uniquement parce que j'avais décidé de rendre visite à un vieux copain.

Mon hilarité a tourné court et je l'ai considérée de nouveau.

Ses doigts se sont refermés sur mon bras. « Réfléchis, mon amour », a-t-elle soufflé avant de s'éloigner d'un pas rapide vers l'arrière de la maison.

Je suis resté immobile, les yeux rivés sur le tronc criblé de coups de bec d'un grand pin. Je savais que je devais partir immédiatement. Madge m'attendait. Et avec elle une vie qui me paraissait de plus en plus lointaine. Il y avait déjà plus d'une semaine que j'étais là. De toute façon, j'aurais déjà dû être parti. Seulement, maintenant, ils auraient besoin de moi. Je me suis senti mollir. Excuses. Prétextes. Faux-fuyants. C'était si facile.

J'ai finalement regagné le patio. Tout ce que j'avais dit à Petra était l'exacte vérité, mais elle n'en avait pas moins raison elle aussi.

Verne s'était assis à la table, les yeux rivés sur le cadavre de sa mère. Au moment où j'ai franchi la haie, il a jeté un bref coup d'œil dans ma direction, s'est levé et est entré dans la maison. Je lui ai emboîté le pas. Dans l'entrée, il s'est arrêté et m'a fait face.

« J'ai téléphoné au médecin. Ça ne va sans doute pas servir à grand-chose.

— Non. Bien sûr...

— Mon Dieu, a-t-il gémi. Il ne te manquait plus que ça !

— Je t'en prie, mon vieux, ne t'inquiète pas pour moi. »

Le vent s'était levé.

« Je suis désolé », ai-je ajouté.

Des feuilles mortes tournoyaient autour de nos pieds. Une feuille d'érable a rampé dans un bruissement sur les dalles avant de culbuter dans l'herbe. On aurait dit un crabe en fuite.

« Est-ce que tu l'as vue tomber ?

— Non », ai-je menti.

Il était toujours en pyjama. Ça ne faisait qu'un mensonge de plus.

« Peut-être qu'on ferait mieux de la rentrer dans la maison ? » Il parlait du corps de sa mère. Je n'ai rien répondu. « Non, peut-être pas. Ils... » Puis après un silence : « Alex, pourrais-tu faire quelque chose pour moi ? J'ai besoin de quelqu'un ici. Prends la voiture et file en ville chercher Jenny. Si ça ne t'ennuie pas. Jenny. Jenny Carson. C'était notre bonne. Elle habite Allayne. » Il m'a indiqué l'adresse. « Veux-tu faire ça pour moi, Alex ? Et reviens vite.

— D'accord. Mais... Pourquoi ne pas lui téléphoner ?

— Elle n'a pas le téléphone, m'a-t-il expliqué en se détournant. C'est Petra qui a les clés de la voiture. »

Il a appelé cette dernière, qui se trouvait dans le salon. En arrivant, elle ne m'a pas prêté la moindre attention. Son regard s'était posé sur Verne. Il lui a dit ce qu'il voulait. Il semblait à bout de forces, exténué.

« Écoute, je vais y aller, a proposé Petra. Inutile d'envoyer... enfin, pourquoi ennuyer Alex avec ça ?

— Parce que je le lui ai demandé. Donne-moi les clés. »

Elle est allée les chercher et me les a remises. Verne montait déjà l'escalier. Je me suis aussitôt dirigé vers la porte d'entrée. Petra m'a dépassé en courant pour me barrer le passage. J'ai tenté de l'esquiver.

« Embrasse-moi avant de partir, m'a-t-elle ordonné. Dépêche-toi. Vite. »

Une lueur sauvage faisait étinceler son regard. L'instant d'après, je la tenais dans mes bras. Mon Dieu, oh, mon Dieu ! ai-je pensé. Ses lèvres étaient brûlantes, enivrantes ; j'avais envie d'écraser son corps contre le mien. Je l'ai serrée si fort qu'elle s'est mise à gémir. Puis je l'ai repoussée brutalement.

« Pour l'amour du ciel, Alex ! »

Je suis monté dans la voiture et j'ai démarré. Était-ce le ciel ou l'enfer que nous invoquions ? L'un comme l'autre. Chaque instant qui passait me donnait l'impression de plonger davantage. De m'enfoncer plus profondément dans les sables mouvants. Désormais, il était trop tard pour revenir en arrière. Mort. Meurtre. Bien trop tard.

Moi qui avais toujours été bourré de scrupules. Qui avais toujours mené la vie d'un homme ordinaire, sans jamais m'écarter du droit chemin. Un vrai modèle de vertu...

Petra était comme une maladie. Un mal insidieux que j'avais dans la peau, et le temps était la seule chose qui pourrait me guérir. Encore que, dans mon cas, je n'étais pas si sûr que ce remède-là puisse servir à grand-chose. Tiraillé d'un côté, écartelé de l'autre. Pour ça, elle avait attendu... elle m'avait tenu à distance, et voilà que maintenant...

J'ai croisé deux voitures sur la route d'Allayne, et je me suis fait la réflexion que l'une d'elles devait être celle du médecin que Verne avait appelé.

J'ai attaqué la pente et Allayne m'est apparu : des bâtisses aux toitures grises sous un ciel plombé, quelques clochers, le dôme du palais de justice. Et des arbres aux teintes rouillées de l'automne, à perte de vue.

Chapitre douze

Les cloches de l'église se sont mises à sonner. Rappel solennel de dimanches interminables passés dans l'apathie de quelques prières de circonstance prononcées en échange du poulet rôti et de la purée servis au déjeuner. Estomacs pleins. Chemises amidonnées. Canapés gémissants et froissements de journaux épais parmi le brouhaha plaintif des ronflements. Couches humides, robinet qui goutte. Ou bien salons cossus aux rideaux tirés où l'on marmonne les rituelles histoires des affaires de la semaine, dans un épais nuage de fumée, à moins que ce ne soit le récit de la cuite qu'Oscar a prise la veille au bar de l'hôtel.

Tandis que je remontais la grand-rue, les gens s'agglutinaient devant l'église. C'était un beau dimanche d'automne pour la mort.

Les ormes commençaient à se dépouiller, l'air penaud, se cramponnant désespérément aux derniers vestiges de leurs parures brunes. J'ai trouvé sans problème Chapman Street où Jenny Carson habitait et m'y suis engagé. C'était une sorte de maison de poupée avec deux minuscules fenêtres et une petite porte. Il y avait un étage mais il fallait sûrement se plier en deux pour grimper là-haut. Le mur de pierre bas qui entourait la maison lui donnait encore plus l'air d'un jouet. J'ai ouvert la barrière. C'était une construction ancienne à en juger par les lambris blancs, assez larges, qui recouvraient la façade. La poignée de la sonnette était en cuivre. Quand je l'ai tirée, un faible tintement s'est fait entendre.

Je m'attendais presque à ce qu'une petite vieille en robe bleue vienne m'ouvrir la porte, une tasse de thé à la main. Mais c'est Jenny qui m'a accueilli. Une Jenny différente de celle dont je me souvenais.

« Je pensais bien que vous viendriez, monsieur Bland. Ne restez pas là. Entrez donc. »

Je l'ai suivie à l'intérieur et elle a refermé la porte. Une radio emplissait l'atmosphère d'une mélodie paisible.

« Par ici », m'a-t-elle indiqué en me conduisant dans un petit salon dépouillé comme un atelier d'artiste, très propre, impeccablement rangé.

Un vaste divan recouvert d'une vieille couverture passée occupait toute la largeur du mur du fond. Quelques fauteuils, une grande bibliothèque bourrée de livres et dans un coin, un chevalet sur lequel trônait une toile inachevée représentant une femme nue. Non loin, j'ai aperçu une table encombrée de tubes de peinture, de pinceaux, de chiffons et de flacons. Une vague odeur de térébenthine flottait dans la pièce. En entrant, Jenny s'est précipitée sur le tableau et l'a recouvert d'un morceau d'étoffe.

Puis elle a tourné vers moi son sourire hésitant. « C'est juste que... ce n'est pas fini. Je vous en prie, asseyez-vous. À quoi dois-je l'honneur de votre visite ? »

J'ai cherché un siège à tâtons sans la quitter des yeux et me suis assis. Elle a fait glisser ses cheveux poil de carotte d'un côté de son visage et son regard rieur s'est posé sur moi, patient, interrogateur. Elle portait une ample jupe fauve et un chemisier blanc à manches courtes, boutonné jusqu'au col. Comme je ne répondais toujours pas, elle est allée s'asseoir sur le divan, a croisé les jambes ; les coudes sur les genoux, elle a calé le menton entre ses mains. Elle avait les hanches larges et la taille très fine. J'ai remarqué qu'il y avait un trou dans l'une de ses pantoufles, au niveau de l'orteil.

« Allons, pour l'amour du ciel, monsieur Bland, ne restez pas ainsi à ne rien dire. Que se passe-t-il ?

— Je suis venu à cause de Verne, Jenny.

— Ah !

— Il voudrait que vous reveniez. »

Je lui ai expliqué ce qu'il était arrivé à la mère de Verne. Enfin, je lui ai raconté comment elle était morte, sans préciser que Petra l'avait poussée. Ni ce que Petra et moi étions en train de faire à ce moment-là.

« Je vois, a-t-elle fait simplement. Et M. Lawrence, comment va-t-il ? Effondré ?

— Il semble bien.

— Je suis atterrée. Quelle mort horrible ! Seulement...

— Seulement quoi, Jenny ? »

Elle a baissé les yeux un instant, puis a replongé son regard dans le mien. « Au fond, j'étais sûre qu'un jour ou l'autre, ça se terminerait comme ça.

— Que voulez-vous dire ?

— Petra l'a poussée ?

— Quoi ?

— Est-il possible que Petra ait précipité sa belle-mère par la fenêtre ?

— Écoutez, voudriez-vous venir avec moi ? »

Pour toute réponse, elle a secoué lentement la tête. « Non, a-t-elle enfin répondu. Non. Je ne retournerai pas là-bas. J'en ai assez de cet endroit. C'était déjà assez pénible ; rien que le fait de savoir que...

— Savoir quoi ?

— Monsieur Bland, vous comprenez très bien ce que je veux dire.

— Je vous en prie, appelez-moi Alex. Non, je ne vois pas de quoi vous voulez parler.

— D'accord, Alex. Mais si, vous me comprenez ! Elle vous tient, n'est-ce pas ? »

Elle s'est levée précipitamment et a traversé la pièce en quelques enjambées pour se réfugier dans un coin près de la fenêtre. Un petit transistor était posé à même le sol. Elle l'a éteint puis s'est redressée, me tournant le dos, face à la fenêtre.

« Vous êtes empêtré comme une mouche dans un pot de miel.

— Verne nous attend, ai-je rappelé. Je vous en prie, venez ! »

Chaque fois que je pensais à Petra, j'avais l'impression qu'une lame d'acier chauffée à blanc s'enfonçait dans mon ventre. Tout à coup, j'ai eu envie de crever ces murs pour pouvoir la rejoindre. Jenny a soudain fait volte-face.

« Non, je ne viens pas avec vous. Non. Il faudra qu'il attende, a-t-elle affirmé d'un air décidé.

— Il a besoin d'aide. »

Elle a penché la tête de côté en souriant. « Oui. Je suis sûre qu'il a besoin d'aide. Un seau d'arsenic devrait faire l'affaire.

— Jenny !

— Excusez-moi ! »

Je me suis levé et quelque chose en moi s'est rompu lorsque j'ai aperçu le téléphone sur le divan. Une douleur sourde m'a transpercé. « Verne m'a affirmé que vous n'aviez pas le téléphone.

— Je viens juste de le faire installer. J'ai trouvé un nouvel emploi. Maintenant, je peux me le permettre.

— Est-ce que je peux l'utiliser ?

— Je vous en prie. »

Elle n'a pas bougé. Le divan était large, comme je l'ai dit : il m'a fallu m'étendre de tout mon long pour atteindre le combiné parce que les fils étaient entortillés. J'ai donné à l'opératrice le numéro de téléphone de Madge à Chicago, puis j'ai raccroché et me suis assis pour attendre.

« Vous êtes en nage, a fait remarquer Jenny. Vous vous promenez en bras de chemise et vous êtes en nage. Je vais vous chercher un verre d'eau. » Au passage, elle s'est arrêtée devant moi. « Interdit de regarder », a-t-elle ajouté en désignant la toile.

Puis elle a quitté la pièce. J'ai suivi des yeux le mouvement de ses hanches en pensant à Petra. De l'eau ! Il me fallait quelque chose de plus fort.

Le crime n'est jamais parfait, dit-on : j'ai examiné mes mains ; elles tremblaient. J'étais vraiment dedans jusqu'au cou. Et dedans, ce n'était pas un vain mot. Jenny refusait de revenir avec moi au 13 French Street. Je me suis demandé ce que Verne dirait de ça. Le téléphone a sonné. J'ai décroché d'une main fébrile. Et pendant que j'attendais, je ne songeais qu'à une chose : retourner auprès de Petra.

La voix légèrement surprise de Madge m'est enfin parvenue.

« Pourquoi ne m'écris-tu pas ? Je n'ai reçu qu'une seule lettre, Al.

— C'est justement pour ça que je t'appelle.

— Mais j'étais très inquiète.

— Je sais. Je sais. Il est arrivé quelque chose. »

Le divan s'est creusé près de moi quand Jenny s'est assise. Elle m'a tendu un verre d'eau fraîche que j'ai bu d'une traite ; puis elle a repris le verre en me regardant droit dans les yeux, un demi-sourire aux lèvres.

J'étais là en train de penser à Petra, aux côtés d'une jolie fille prénommée Jenny, à parler au téléphone avec une autre fille, Madge, que j'avais l'intention d'épouser. Et en dépit de tout cela, j'étais obsédé par la vision d'une masse grise s'écrasant sur la pierre, pareille à une poupée de chiffon désarticulée.

« Al, Al, dis quelque chose.

— Je suis désolé. » Je faisais des efforts désespérés pour ne penser à rien d'autre qu'à Madge. Mais je n'y arrivais pas. Le goût des lèvres de Petra était encore sur les miennes…

« Al…

— Madge, ma chérie… » ai-je commencé. Mais je n'avais pas envie de lui parler. Elle était trop loin, trop loin de moi et de tout ce qui m'arrivait. Je lui ai raconté en deux mots la mort de la vieille.

« Madge, ça veut dire que je vais être obligé de prolonger un peu mon séjour.

— Oh, Al ! Il y a déjà tellement longtemps que tu es parti. Seigneur ! Ils préfèrent peut-être que tu ne sois pas là, avec tout ce qui se passe.

— Non, Madge. Il m'a demandé de rester. »

Jenny m'a effleuré le bras. Je lui ai jeté un bref coup d'œil. Elle a secoué la tête et fait claquer sa langue.

J'imaginais Madge debout dans son entrée, pendue au téléphone. Je voyais sa silhouette élancée, nette, ses cheveux cendrés. À cet instant, ses yeux étaient gris, j'en étais certain. Elle était si différente de cette Jenny de la campagne qui sentait bon le foin, l'été, le soleil, et aussi de Petra… J'ai remarqué du coin de l'œil que Jenny était tranquillement en train d'explorer le trou de sa pantoufle.

« Tu devrais rentrer, disait Madge.

— Je ne peux pas, ma chérie.

— Mais si, Al. Je t'assure. Je ne vois vraiment pas pourquoi tu veux rester plus longtemps. Et puis, pense un peu à moi ! Que suis-je censée faire en t'attendant ? Rester assise chez moi à contempler les murs ?

— Madge, je n'y peux rien. J'ignore quand je pourrai m'en aller d'ici. »

Jenny s'est levée et s'est mise à tripoter ses pinceaux.

« Bon, très bien... a achevé Madge d'un ton un peu sec. Reste donc là-bas puisqu'il le faut. Quand tu te décideras à rentrer, fais-le-moi savoir. » Sur ces mots, elle a raccroché. J'ai reposé brutalement le combiné.

Jenny et moi avons échangé un long regard.

« C'est une chic fille, ai-je dit. Elle vous plairait si vous la connaissiez.

— J'en suis sûre. En attendant, elle vous a raccroché au nez, n'est-ce pas ?

— Je vous laisse un billet de cinq dollars pour la communication, ai-je annoncé en me levant. S'il reste un peu d'argent, achetez-vous un pinceau.

— Je vous en prie, ce n'est pas nécessaire. »

J'ai fouillé dans ma poche et en ai sorti un billet que j'ai posé sur la table, près du chevalet. « Alors, vous venez avec moi ?

— J'ai bien peur que non, Alex. Je suis désolée mais comme je vous l'ai dit, j'ai trouvé un nouvel emploi qui devrait commencer dans une semaine environ. D'ici là, j'ai l'intention de me reposer un peu. Et je ne veux plus rien avoir à faire avec eux. » Elle souriait toujours. « Pourquoi ne pas rester déjeuner ? a-t-elle ajouté. Vous êtes en vacances, non ?

— Oui, mais... il faut que j'y aille. »

Elle m'a observé un moment avec sérieux. Puis son visage s'est à nouveau éclairé. « Très bien. Alors une autre fois peut-être.

— Peut-être. »

Elle m'a raccompagné jusqu'à la porte que j'ai ouverte moi-même. S'adossant contre le mur, elle m'a fixé du regard, les mains enfouies dans les poches de sa jupe.

« Au revoir, Jenny. »

Sourire. Je suis sorti et j'ai refermé la porte derrière moi ; elle n'avait pas bougé.

Une fois dehors, l'horreur de la situation m'est apparue brusquement, avec une force inouïe.

J'ai quitté la ville par des rues désertes. Tout le monde était à l'église. Tout le monde, sauf Jenny. Elle devait être très facile à vivre, à connaître. On devait se sentir bien avec elle. Ma visite ne l'avait pas étonnée le moins du monde. Pourquoi ? J'avais oublié de lui poser la question.

La grand-rue était vide, hormis trois voitures stationnées qui semblaient étrangement solitaires. La chaussée, les trottoirs étaient jonchés de feuilles. Le vent soulevait des nuages de poussière. Je ne tardai pas à regagner les collines, le long de French Street. Allayne était déjà hors de vue, loin de ma pensée. Je songeais à Petra lorsque, soudain, Madge est revenue me hanter. Le coup de téléphone, le fait d'avoir entendu le son de sa voix, cela ne semblait plus rien signifier pour moi. Absolument rien. Pourtant, cela aurait pu me soulager de lui parler.

Mais il y avait plus grave encore : je retournais me jeter dans la gueule du loup. Et chaque mètre parcouru me rapprochait davantage d'un enfer que je désirais pardessus tout.

Chapitre treize

J'ai failli ne pas voir l'homme sur la route, un virage à peine avant d'arriver à la maison. Debout au beau milieu de la chaussée, il m'a fait signe de m'arrêter. Je m'apprêtais à le dépasser à faible allure, sur la droite, mais d'un bond il m'a barré le chemin.

« Que me voulez-vous ? » lui ai-je crié par la vitre en arrêtant la voiture.

Il s'est approché d'un pas nonchalant en grimaçant un sourire. Il chiquait du tabac. La trentaine peut-être, maigre à faire peur. Il s'est détourné, a craché un long filet de salive brunâtre, puis ses yeux injectés de sang et légèrement bridés se sont posés sur moi.

« Monsieur Bland ? » a-t-il fait. J'ai acquiescé.

Nouveau rictus. Il avait une grande bouche, des lèvres molles, des dents très carrées, noirâtres. Ses lèvres tremblaient légèrement quand il souriait. Il portait un vieux jean déchiré, une chemise bleue délavée et un feutre cabossé, taché de sueur, d'une couleur indéfinissable.

« M'sieur, a-t-il dit en désignant un groupe de buissons sur le bas-côté de la route. Faut vous garer là.

— Bon sang ! Mais qu'est-ce qui vous prend ? » me suis-je exclamé, hors de moi. « Écartez-vous. »

Une grosse main crasseuse aux jointures saillantes a empoigné le rebord de la vitre. L'homme secouait la tête. « Pas question. J'ai tout vu. Tout vu. Maintenant, faites c'que j'vous dis. » Il a cessé de mâchonner pour me dévisager, la bouche ouverte, avant de repartir de son rire méchant. « Allez ! » m'a-t-il pressé en m'assenant un coup sur l'épaule.

Il a encore gloussé en remuant ses bras qui pendaient mollement de part et d'autre de son corps. Ses mâchoires se sont remises en mouvement ; il a craché sur l'enjoliveur avant droit.

Pendant un long moment, nous nous sommes mesurés d'un regard hostile.

« Qu'est-ce que vous avez vu ? » ai-je enfin demandé.

Grimace. « Ben voyons, m'sieur. La grand-mère. J'ai vu la dame la jeter par la fenêtre, tiens ! J'ai vu plein de choses. » Il m'a fait un clin d'œil grotesque et ses bras ont recommencé à s'agiter. « Bon, on s'active avant que j'm'énerve, bordel ! »

J'ai conduit la voiture jusqu'aux fourrés. Il m'a suivi. Je suis sorti et lui ai fait face. Il était à peu près de ma taille, légèrement voûté. Il sentait le tabac mouillé et l'écurie à plein nez.

« On est p't-être allé un brin trop loin, hein ?

— Je vous conseille de vous expliquer », ai-je répondu.

Il avait l'air rusé. Il a passé ses doigts sales dans sa crinière poussiéreuse d'un geste nerveux et a encore craché. Le jet de salive a atterri à moitié sur mes chaussures.

« Qui êtes-vous ? » me suis-je enquis.

Quelque chose m'a étreint la poitrine, comme lorsqu'on plonge dans des eaux trop profondes et qu'on sent venir la panique à l'idée de ne pas pouvoir remonter à temps à la surface.

« Elle n'a jamais voulu céder, avec moi », a-t-il bougonné.

Il a médité un moment sur ce qu'il venait de dire.

J'en ai profité pour lui tourner le dos et ouvrir la portière de la voiture, mais en un clin d'œil il m'a rattrapé, m'a agrippé l'épaule, me forçant à faire volte-face. Je lui ai frappé violemment le bras. Il a reculé et plissé les yeux en ricanant.

« J'ferais pas ça si j'étais vous, m'sieur.

— Mais enfin, que me voulez-vous ?

— Je travaille chez Corey, comme saisonnier.

— Corey ?

— La ferme d'à côté, par là, tout près », m'a-t-il expliqué en m'indiquant la direction. Puis il s'est aussitôt remis à mâchonner. Les buissons se sont agités et un nuage de poussière s'est abattu sur nous quand une voiture est passée sur la route.

« J'ai tout vu, a-t-il répété. Va y avoir du grabuge à la maison, m'sieur. La police est arrivée. Z'ont emmené le cadavre en ville. Moi je m'en fous pas mal. J'ai tout vu. Même quand vous lui avez arraché son chemisier, à la fille. »

J'ai fait un pas vers lui, l'air menaçant. Il a reculé, la main levée.

« Ça vous servira pas à grand-chose de me tabasser. Ils sont gros, ses nichons, hein ? »

J'ai fait un pas en avant et lui ai envoyé mon poing dans l'estomac. Il l'a attrapé au vol et s'est dégagé d'une secousse ; j'ai atterri sur le dos. Il avait l'air très content de lui ; il ricanait, crachait, tout en secouant les épaules. J'étais sûr de pouvoir lui régler son compte quand je voudrais, il avait eu de la chance, point.

« Debout, m'a-t-il intimé. J'vais finir d'vous dire c'que j'ai à vous dire. »

Je me suis exécuté. « Je ne vois vraiment pas de quoi vous voulez parler », lui ai-je répété. Comment avait-il pu voir quoi que ce soit ? Où était-il à ce moment-là ? « Je veux bien écouter, mais dépêchez-vous, je n'ai pas que ça à faire. »

Il a rejeté la tête en arrière et un vague « hum ! » s'est échappé de son gosier. Puis il m'a gratifié d'un regard narquois. « Bon, très bien, m'sieur. Vous en pincez pour la garce qu'habite dans la maison en briques rouges. J'l'observe depuis des mois, de la petite colline qu'y a de l'autre côté de la rue. J'la regarde se déshabiller, faire c'qu'elle fait après, aussi. C'est quelque chose, des fois. »

Il m'a fait un clin d'œil. Tremblant, j'attendais la suite. « Comme j'disais, a-t-il repris, j'suis au courant de plein d'trucs depuis longtemps. J'l'ai surprise sur la route aussi une nuit. J'ai essayé d'me la faire, mais elle ne voulait pas de moi. M'a traité de sale cochon. Oh, mais c'est elle la cochonne !

— Vous feriez mieux de vous dépêcher de dire ce que vous avez à dire. »

Il a craché avant de reprendre : « Ce matin, j'té nourrir le bétail et traire les vaches, ensuite, j'té me balader sur ma petite colline, histoire de regarder la mignonne et de penser un peu à elle. Y a un grand arbre dans le jardin de d'vant et j'ai une vue plongeante droit sur ses grandes fenêtres. Il fait sombre dans l'arbre, comme en pleine nuit. J'vous ai vu avec elle en train de faire joujou. Z'étiez prêt pour le carrousel, hein ! juste quand la vieille, elle est entrée. » Il a lâché un juron obscène. « J'ai tout vu. La fille qui se battait avec la vieille et puis qui l'a jetée par-d'ssus bord. Vous étiez là. Vous aussi vous avez tout vu. Vous savez, comme moi.

— Vous mentez, me suis-je écrié en luttant pour garder mon calme. Vous n'avez rien vu de tout ça. Ce n'est pas possible. »

Il a reniflé avec un bruit de trompette. « Attendez ! J'vais vous expliquer. Bref, après que vous êtes parti avec la voiture, les autres, y sont arrivés. Le voisin, le vieux Herk Williams, même un type du journal. Et puis l'agent Sturge. Alors j'y suis allé aussi, juste pour voir c'qu'ils disaient. “Elle est tombée par la fenêtre, qu'ils disaient. La pauvre vieille, elle est tombée.” Eh bien, a-t-il achevé en détachant ses mots, moi, je sais qu'on l'a poussée.

— Menteur ! »

J'étais en nage. Il fallait à tout prix que je voie Petra. Mais avant cela, je devais m'assurer qu'il disait la vérité. Bien sûr qu'il disait la vérité ! Sinon, comment aurait-il pu savoir ?

« Venez, j'vais vous montrer », a-t-il dit.

Je l'ai suivi de l'autre côté de la rue, à travers un champ de maïs moissonné ; nous avons franchi un petit ruisseau avant de grimper la colline, dont nous n'avons pas tardé à atteindre le sommet, envahi de ronces. La maison de Verne se dressait juste devant nous, au-delà de la route. Trois voitures étaient garées dans l'allée et deux hommes conversaient sur la véranda.

« Bon maintenant, mettez-vous accroupi, m'a dit l'homme, et prenez ça. » Il a extirpé une paire de jumelles de sa chemise. « Vous voyez ? Des lorgnettes, ah, ah ! Regardez la fenêtre de sa chambre, a-t-il ajouté en pointant un doigt à l'ongle rongé dans la direction. Ça y est ? Le soir, c'est p't-être mieux, mais c'est quand même pas mal comme ça, hein ! »

Il avait raison, le bougre. Si les fenêtres avaient été fermées, on n'aurait pas pu voir grand-chose à cause de la balustrade ; mais quand elles étaient ouvertes, avec les jumelles, on découvrait tout l'intérieur de la chambre. Mon regard s'est attardé sur le divan où nous étions vautrés au moment où la vieille était entrée. Un homme, penché par la fenêtre, était en train d'examiner le morceau de balustrade qui avait cédé. Je me suis relevé, lui ai tendu la paire de jumelles et j'ai redescendu la pente à grandes enjambées.

« J'vous l'avais bien dit ! a crié l'homme derrière moi, ses lourdes chaussures foulant les broussailles avec fracas. On ne voulait pas me croire, hein ? »

Je n'ai rien répondu. « Bon, ai-je cependant dit en arrivant à la voiture, et alors ? »

Il a grimacé un sourire. « Autant que j'y aille pas par quatre chemins. Ah, ces petites lorgnettes ! Ah oui, m'sieur. Bon ! vous m'graissez la patte et j'm'tais. Arrangez-vous pour que j'obtienne c'que j'veux. D'accord ? Sinon j'm'en vais aller trouver Verne Lawrence pour tout lui raconter, ou bien p't-être la police ou l'agent Sturge. Auquel cas vous êtes cuit et elle aussi. » Il a marqué une pause. « Qu'est-ce que j'regretterai de n'plus la voir se déshabiller et tout.

— Mais c'est du chantage ! me suis-je écrié. Vous savez ce qu'il en coûte de jouer les maîtres chanteurs ?

— Au point où vous en êtes, qu'est-ce que ça peut vous faire ? m'a-t-il rétorqué en crachant. Vous vous imaginez p't-être qu'ils me croiront pas quand j'leur dirai ? Faut pas rêver. Écoutez, mon vieux, tout le monde la connaît dans le pays ; on sait qu'elle devait trimbaler la vieille partout où elle allait. Vous pensez, une belle dame comme ça ! » Il a secoué la tête. « Si c't'histoire d'argent vous déplaît, y a toujours une autre solution. Parlez avec la fille. Dites-lui que si elle couche avec moi deux nuits par semaine, j'accepte de la boucler. Ça me va aussi comme ça. »

Il m'a fait face ; un filet de jus brunâtre a coulé le long de son menton. « En tout cas, j'vous préviens, faut que ça soit l'un ou l'autre... Ou p't'être bien les deux. »

Je l'ai alors frappé de toutes mes forces, en pleine figure. Mes articulations ont produit un craquement sinistre et du sang a giclé. Il s'est écroulé dans les buissons, les quatre fers en l'air. Impassible, je l'ai toisé du regard.

Il s'est passé la main sur le visage et a considéré ses doigts tachés de sang. Puis il s'est redressé sur les coudes, un sourire narquois aux lèvres. « Ça sert à rien, a-t-il maugréé, vous m'aurez pas. J'vous conseille de vous amener ici demain soir, disons à neuf heures. Pas la peine d'apporter l'oseille, juste un oui ou un non. Pour le fric, on verra plus tard. » Sur ce, il a expulsé un énorme glaviot à quelques pas de lui. Il continuait à me sourire en silence, les lèvres tremblantes.

Je suis monté dans la voiture, j'ai fait marche arrière jusqu'à la route et j'ai démarré en trombe. J'avais mal à la main mais ça m'était égal. Il était trop tard pour reculer, trop tard pour avoir des remords. Ça se compliquait de plus en plus et je savais que ce n'était pas fini. Il fallait s'attendre à pire, à bien pire, parce que malgré tout ça, en dépit de cet enfer, j'avais toujours autant envie d'elle. J'étais toujours aussi déterminé, prêt à tout. À tout. J'étais en plein dedans. En plein dedans, jusqu'au cou...

Il n'y avait plus qu'une seule voiture devant la maison quand je suis arrivé. Je me suis garé juste derrière.

La voix de Petra m'est parvenue depuis la maison et j'ai jeté un coup d'œil vers la porte d'entrée.

« Ah, le voilà ! Alex ! Alex ! Dépêchez-vous. Le shérif Reynolds voudrait vous voir ! »

Oui. Il y avait bel et bien une étoile de shérif sur le pare-chocs arrière de la voiture stationnée devant, et elle me paraissait aussi énorme qu'une grande roue de foire.

Chapitre quatorze

Pendant une minute, je suis resté cloué sur mon siège, cramponné au volant.

Petra a traversé la pelouse en courant. J'ai suivi des yeux le balancement de son corps, la danse de ses cheveux flottant dans le vent ; l'anxiété brillait dans son regard. Un homme corpulent vêtu d'un costume gris, un chapeau et une cravate bleue attendait sur le pas de la porte.

Elle s'est agrippée au rebord de la vitre. « C'est le shérif, m'a-t-elle dit. Il veut juste te poser quelques questions. Ne t'inquiète pas.

— Je vais lui dire. C'est décidé. Enfin, dès que le shérif sera parti. Je vais tout avouer à Verne. Il fera ce qu'il voudra. » J'ignorais à quel moment j'avais pris cette décision, mais tout d'un coup, c'était chose faite.

« Non, Alex. Ne dis pas de bêtises. Rends-toi compte. La voie est libre pour nous maintenant, a-t-elle chuchoté en m'effleurant furtivement la joue.

— Peu importe... Attention, il nous regarde.

— Je sais, je sais. Bon, viens maintenant. Va voir le shérif. Il n'y en a pas pour longtemps.

— Est-ce que la police est venue ?

— Oui, m'a-t-elle répondu en ouvrant la portière de la voiture. Une espèce de gros veau sans cervelle. Il voulait me reluquer, c'est pour ça qu'il est venu. Ils ont déjà emmené le corps en ville.

— Je sais.

— Comment le sais-tu ? Non, viens. Tu m'expliqueras plus tard. »

Je suis sorti de la voiture et, ensemble, nous avons regagné la maison. Elle s'était mise à parler fort pour que chacun puisse l'entendre. Elle était si belle ! J'ai lutté contre l'envie de la prendre dans mes bras. Mais je savais qu'il était temps pour moi de dire la vérité à Verne. À condition d'en avoir le courage. Une sacrée dose de courage.

« Où est Jenny ? m'a demandé Petra. Je croyais que vous étiez allé la chercher. »

Nous approchions du porche et l'homme nous fixait toujours d'un œil impassible.

« Verne est complètement retourné. Où est Jenny ?

— Elle ne pouvait pas venir maintenant », ai-je répondu.

Je préférais ne pas lui dire tout de suite, de peur que le shérif ne se fasse des idées. Ces flics de la campagne sont quelquefois coriaces – même plus souvent qu'on ne croit.

« Shérif Reynolds, voici M. Bland », a-t-elle lancé en pénétrant dans la maison sans s'arrêter.

Il avait les mains froides, calleuses. « Ravi de faire votre connaissance », m'a-t-il dit.

Je me suis contenté de hocher la tête.

« Rentrons », a-t-il proposé.

Nous avons franchi le seuil et la porte de la maison s'est refermée une nouvelle fois sur moi. Il faisait frais et sombre dans le vestibule. Verne était assis au salon, un verre de cognac à la main. Il s'était habillé, mais avait visiblement omis de se peigner.

Petra se tenait debout à ses côtés, une main sur le dossier de son fauteuil. Chaque fois que nos regards se croisaient, j'avais l'impression de recevoir une décharge électrique. Je n'avais jamais ressenti une chose pareille auparavant. Il ne s'agissait plus seulement d'une sombre histoire d'adultère, mais de meurtre. Et puis il avait fallu qu'un saisonnier se terrant chaque nuit parmi les ronces pour se rincer l'œil décide en plus de nous faire chanter !

Le shérif était un homme on ne peut plus banal. Son visage ressemblait à une boule de pâte à laquelle on aurait mis un nez, une bouche, des oreilles et des yeux. Des yeux comme de petites graines noires huileuses, attentifs, inquisiteurs.

« Je voulais juste vous poser quelques questions avant de partir, m'a-t-il dit.

— Où est Jenny ? » l'a interrompu Verne en me jetant un rapide coup d'œil.

Je me suis apprêté à répondre, mais Petra m'a pris de vitesse. « Elle ne pouvait pas venir tout de suite.

— Ah ! » Sur quoi il a avalé une gorgée de cognac, le regard rivé à ses chaussures.

« C'est que... dans ce genre d'affaire... La routine, vous comprenez, a repris le shérif. Auriez-vous été témoin de la chute de Mme Lawrence, par hasard ? » Puis s'adressant à Verne : « Verne, pourquoi n'allez-vous pas dans le...

— Non, non, ça va.

— Non, ai-je dit à mon tour, je n'ai rien vu.

— Ah bon », a soupiré le shérif. Il avait ôté son chapeau qu'il tenait à la main, découvrant des cheveux clairsemés, couleur paille, collés sur son crâne. « Bon, alors pourriez-vous me raconter ce qui s'est passé, monsieur Bland ? »

S'en est suivi un véritable cauchemar. Chaque fois que j'ouvrais la bouche, j'avais l'impression qu'on m'arrachait les dents une par une. Parce que ce n'était bien sûr qu'un tissu de mensonges. Et Verne qui m'écoutait tandis qu'elle était là, debout derrière lui, à me regarder, à m'encourager des yeux.

« J'ai entendu un cri, ai-je balbutié.

— Un seul cri ?

— Plusieurs cris. Deux ou trois, peut-être. Je ne sais plus. J'étais dans ma chambre. Je me suis alors précipité dans celle de Petra... de Mme Lawrence. La porte était ouverte. Elle se tenait au fond de la pièce, près du lit, et elle, euh, elle avait l'air complètement affolé. Ça se comprend, évidemment.

— Je vois. Oui, bien sûr, a approuvé le shérif.

— Elle m'a alors expliqué que la mère de Verne venait de basculer par la fenêtre. C'est à ce moment-là que Verne est arrivé. » J'ai haussé les épaules en soupirant. « C'est tout, shérif, c'est tout ce que je sais.

— Oui. Bon, je vous remercie. » Puis à Verne : « Maintenant, Verne, allez vous reposer un peu. Essayez d'oublier tout ça. Il fallait en passer par là. Ne m'en veuillez pas ! C'est la règle. Vous comprenez, des défenestrations, on n'en voit pas tous les jours... », a-t-il conclu en jetant un coup d'œil à Petra. Elle lui a souri. Il m'a regardé, a enfoncé son chapeau sur son crâne et est sorti.

L'instant d'après, il était de retour. « Excusez-moi, m'a-t-il dit. Est-ce que ça vous ennuierait de déplacer la voiture ? Je ne peux pas passer.

— J'arrive. » Je l'ai suivi, j'ai reculé le véhicule de quelques mètres, et il est parti. En traversant la pelouse pour regagner la maison, j'ai jeté un regard rapide vers la colline, de l'autre côté de la route. Et je l'ai vu. Pas de doute, c'était bien lui ! L'employé de chez Corey. Il était adossé contre un arbre, juste en face de la maison, occupé à guetter. Il s'est aperçu que je l'avais repéré et m'a fait signe. Je suis entré précipitamment dans la maison.

Oui, je voulais tout avouer à Verne, confesser l'ignoble vérité. Je voulais lui dire et en même temps, c'était si tentant de se taire. Aurais-je encore la force de lui parler ? Si seulement Petra pouvait me laisser un peu tranquille, peut-être aurais-je une chance d'y arriver.

Chapitre quinze

Seulement elle ne m'a pas laissé tranquille.

Cette façon qu'elle avait de me regarder, de m'adresser des signes imperceptibles entre deux propos anodins, c'était comme souffler sur les flammes, jeter de l'huile sur le feu. Et Verne qui restait là dans son fauteuil au salon, les yeux rivés sur le tapis en secouant la tête de temps à autre.

« Il fallait bien qu'elle y passe un jour, disait-il. C'était son heure, bien sûr. Elle s'y attendait et moi aussi, je sais bien. Mais c'est la façon dont ça s'est produit. C'est ça qui me chiffonne. Elle n'a jamais connu le moindre instant de paix, de répit, jusqu'à ce que je l'installe ici. Elle n'a jamais su ce que c'était d'être heureuse, et maintenant il est trop tard.

— Boucle-la, l'a interrompu Petra. Cesse de te ronger les sangs, Verne. »

Tout en parlant, debout près de son mari, la main posée à proximité de sa tête, elle m'observait, me dévorant des yeux, les lèvres avides, ardente, sensuelle.

Moi je ne disais pas un mot, j'attendais.

« Et puis lorsque, enfin, elle a trouvé un peu de chaleur ici, avec nous, il a fallu qu'elle devienne sourde. Non pas que ça changeât grand-chose. Ça n'avait pas vraiment l'air de la gêner. Ce n'est pas tellement sa mort qui me chagrine. La mort, ce n'est rien, en tout cas pour les vieux. Non, ce n'est pas ça qui me tracasse. C'est la façon dont elle est morte.

— Chéri, est intervenue Petra, tu ferais mieux de boire un verre.

— Je n'ai pas envie.

— Ça te ferait du bien.

— Je te dis que je n'ai pas soif. »

Elle a haussé les épaules, à son insu. J'étais resté debout jusqu'alors mais j'ai fini par prendre place dans le fauteuil en face de lui.

« J'aurais dû la laisser dans ce maudit champ de maïs, a-t-il poursuivi. Là où ils l'ont trouvée ce matin-là, adossée à la barrière. Elle avait déjà un pied dans la tombe. Ça aurait mieux valu pour elle.

— Est-ce que... est-ce que tu as l'intention de la ramener ici ? a demandé Petra.

— C'est ce que j'avais prévu de faire, mais finalement non. Seulement, la cérémonie aura lieu ici ; le cortège partira de cette maison où elle a finalement trouvé un peu de bonheur. »

J'ai dévisagé Verne avec inquiétude. Il y avait quelque chose de singulier dans son attitude. Qu'il ressasse ainsi ses angoisses après un choc pareil, quoi de plus compréhensible ! Mais ce n'était pas du tout dans sa nature de ruminer des idées noires. Pas de manière aussi morbide.

« J'aurais dû la laisser dans ce champ de maïs, a-t-il répété. En plus, c'était l'hiver. Un hiver particulièrement rigoureux. Il y avait de la neige entassée au pied de la clôture. On n'a jamais compris comment elle s'était retrouvée là, d'ailleurs. »

Il avait le regard éteint. J'ai essayé d'attirer l'attention de Petra pour qu'elle lui serve un verre de cognac, mais elle s'est contentée de me sourire d'un air béat.

« Elle avait mis son chapeau de paille, a-t-il repris. Le genre de chapeau qu'on porte en été – elle voulait absolument qu'on moissonne.

— Où va-t-on l'enterrer ? » s'est enquise Petra en allant s'asseoir sur la chaise où la vieille avait pris place le premier soir, quand elle avait trop bu.

Verne fixait toujours le tapis. Dehors, il n'y avait plus de soleil et une atmosphère de morne grisaille régnait dans le salon.

Verne m'a jeté un rapide coup d'œil. « Je voulais qu'on l'enterre à côté de Pa, à la ferme. À l'endroit qu'elle avait choisi pour lui.

— Oh, mais, Verne ! a protesté Petra.

— Dans le Nebraska, tu veux dire ? » ai-je demandé.

Il a hoché la tête. « Mais finalement, je ne crois pas. C'est trop loin et puis, au fond, un lopin de terre en vaut un autre. » Il s'est versé un petit verre de cognac et l'a avalé d'un trait avant d'ajouter : « Peut-être que non, à bien y réfléchir. »

Il y a eu un long silence. Petra battait de ses doigts sur son genou un rythme connu d'elle seule. « Alors dans ce cas, on va l'enterrer au cimetière d'Allayne ?

— Non. Je ne sais pas encore. En tout cas, le cortège partira d'ici.

— Quel cortège ? » s'est-elle exclamée.

Je l'ai foudroyée du regard, ce qui n'a pas échappé à Verne. « C'est vrai. Elle a raison, Alex. Il n'y aura que nous. Elle ne connaissait personne d'autre.

— Mais enfin, Verne, où veux-tu l'enterrer ?

— Je crois que je vais faire creuser une tombe sur la butte, en face du verger. Tu sais, au pied du sycomore. C'est un bel endroit.

— Tu ne trouves pas que c'est un peu… enfin, je veux dire… » Petra m'a considéré avec effroi.

« Je sais, a reconnu Verne. Mais je trouve que c'est une bonne idée.

— Alors pas de corbillard…

— Ah oui, c'est vrai. On sera obligés de la porter. Bon sang ! Je n'avais pas pensé à ça. Mais c'est quand même une bonne idée. Je ne sais pas comment ça m'est venu à l'esprit, mais c'est une bonne idée.

— Qui est-ce qui portera le cercueil ? » Petra ne me quittait pas des yeux, un peu inquiète peut-être. À juste titre d'ailleurs. Mes tripes s'étaient nouées comme un paquet de fils barbelés et je mourais d'envie de tout révéler à Verne. Mais comment aurais-je pu, à cet instant ?

« Il faut que vous soyez au moins six, a-t-elle fait remarquer.

— Non, quatre, ça suffira, a répliqué Verne.

— Les gens vont trouver ça drôle, tu ne crois pas ?

— Qu'est-ce que ça peut faire ce que diront les gens ? » a-t-il lancé en tournant vers elle un visage de marbre. Puis il s'est aussitôt replongé dans la contemplation du tapis. Je préférais le laisser continuer, dans l'espoir que ça le soulagerait. « J'ai commandé un cercueil très léger, a-t-il repris. Elle tiendrait presque dans un cercueil d'enfant. Quatre hommes suffiront.

— Verne ! Si tu n'arrêtes pas tout de suite...

— Arrêter quoi ? s'est-il étonné.

— Oh, rien ! »

Je n'arrivais pas à trouver une position confortable dans mon fauteuil. Il me semblait dur, défoncé ; en réalité, il n'en était rien, mais j'avais vraiment cette impression.

« Oui », a répété Verne, l'air songeur, « au sommet de la butte. »

Sur ces mots, il s'est levé et est sorti dans le couloir. Je l'ai entendu parler au téléphone ; aussitôt, Petra s'est approchée de moi.

« Il est bizarre, tu ne trouves pas ? m'a-t-elle dit.

— Il travaille trop. N'importe quel choc l'aurait tout autant ébranlé. Ça ira mieux dans un moment. »

Elle s'est penchée vers moi et je n'ai pu résister à l'envie de passer les bras autour d'elle, d'enserrer ses hanches rondes et fermes. Ses lèvres ont effleuré ma joue.

« Fais attention, ai-je murmuré en la repoussant brusquement.

— Oui, a-t-elle fait en retournant s'asseoir. Tu brûles d'impatience, n'est-ce pas ? Moi aussi. J'aimerais qu'on en finisse vite avec cette histoire. »

Je me suis agrippé si fort aux bras du fauteuil que j'en avais mal aux poignets. J'avais l'impression d'entendre comme des voix crier dans ma tête. Les yeux de Petra me sont soudain apparus comme deux trous noirs, aveugles, pointés sur moi. Tout se tramait donc derrière ce crâne au regard vide. Une sueur d'effroi m'a couvert le corps.

Verne n'a pas tardé à revenir et est resté planté au milieu du salon, à se passer nerveusement les mains dans les cheveux. « Je les ai eus au téléphone, nous a-t-il annoncé. Deux hommes vont venir creuser une tombe en haut de la butte. »

J'étais raide comme un piquet dans mon fauteuil, les doigts cramponnés aux extrémités des accoudoirs.

« Tu pourrais faire appel à des porteurs professionnels, a dit Petra d'une voix à peine audible.

— Écoutez, s'est exclamé Verne, haussant subitement le ton, surtout n'allez pas vous imaginer que je perds la tête, pour l'amour du ciel ! » Puis se tournant vers moi : « Je suis désolé, Alex. C'est comme ça que je veux que ça se fasse, voilà tout. Je vais demander au vieux Herb Corey et à son employé de nous donner un coup de main. Avec toi et moi, ça fera quatre. Elle les connaissait ; c'étaient même les seuls qu'elle connaissait par ici, les seuls qui lui aient jamais adressé la parole. Ils nous aideront, j'en suis sûr. Ça ne t'ennuie pas que je te demande ça, n'est-ce pas, Alex ?

— Bien sûr que non, Verne. » On aurait dit un croassement.

L'employé de Corey…

J'avais envie de boire un verre mais je n'osais pas me servir, tant mes mains tremblaient. L'employé de Corey. Seigneur ! Je l'imaginai accroupi parmi les ronces au sommet de la colline, guettant nuit après nuit au fil des saisons, avec ses damnées jumelles collées à ses yeux lubriques.

C'était d'un meurtre qu'il s'agissait. Rien de moins. Et j'y étais intimement mêlé. C'était si difficile à croire, si impossible à comprendre. C'est toujours comme ça, j'imagine, quand les choses vous touchent d'aussi près.

Le déjeuner s'est déroulé en silence. Petra avait préparé quelques sandwiches et du café. Peu après, je me suis retrouvé nez à nez avec Verne dans le vestibule, au pied de l'escalier. Visiblement, il m'attendait. Petra était restée à la cuisine.

« Alex ! Et Jenny ? Que t'a-t-elle dit ? » Il faisait visiblement des efforts pour se tenir droit et faire bonne figure, mais il était quand même pâle comme un mort.

« Elle m'a expliqué qu'elle ne pouvait pas venir, Verne. Elle a trouvé une nouvelle place. Mais elle était désolée de te laisser tomber, et puis aussi pour ta mère.

— Ah ! a-t-il lâché avec une moue amère.

— Elle a le téléphone maintenant. Tu peux l'appeler si tu veux.

— Non… Je la comprends, Alex. Je ne lui en veux pas. Après tout, Petra n'a qu'à s'occuper de ce qu'il y a à faire. »

Je n'ai rien répondu et me suis contenté de dévisager cet homme avec qui j'avais traversé tant d'épreuves. Qui m'avait aidé, comme je l'avais aidé. On s'était si souvent saoulés ensemble, on s'était battus côte à côte, on avait fait la java. On était comme des frères autrefois. Quelques heures plus tôt, j'avais assisté au meurtre de sa propre mère ; j'étais impliqué dans ce crime immonde. Et je n'avais même pas le courage de le lui avouer. Parce que sa femme m'avait ensorcelé et que je ne pouvais plus lui résister. Trop tard ! Il est toujours trop tard.

« Je vais faire un petit somme, m'a-t-il dit. J'aurais tellement voulu t'épargner ça, Alex. » Son sourire m'a fait froid dans le dos.

« Ne t'inquiète pas. Va te reposer. »

Je l'ai regardé monter les marches. Il avait l'air terriblement vieux.

Chapitre seize

La photo. Petra dans son hamac. Elle l'avait rapportée dans le bureau de Verne et reposée là où je l'avais trouvée.

« Juste pendant qu'il est là, mon chéri, m'avait-elle expliqué. Il pourrait s'en apercevoir. Inutile de prendre des risques supplémentaires. Quoiqu'il s'en fiche sûrement. »

J'avais acquiescé d'un signe de tête. Elle était tout près de moi et l'odeur de son parfum m'oppressait.

L'après-midi, les fossoyeurs se sont mis au travail. Je suis allé dans le verger pour les voir à l'œuvre au sommet de la butte. Ils étaient deux. Leurs pelles, fendant le sol, étincelaient dans la lumière grise et froide de l'automne. Le ciel était bas et leurs voix se répercutaient dans l'air entre les raclements de l'acier contre les cailloux.

« Ben dis donc ! J'serai pas fâché quand ce sera fini !

— À qui le dis-tu !

— C'est un cabot qu'ils enterrent ? I'doit être sacrément gros.

— Non. C'est une vieille qu'a claboté.

— Si seulement la mienne pouvait en faire autant.

— Foutue racine ! Passe-moi la hache. On n'a pas idée de faire creuser une tombe à un endroit pareil... Les cimetières, c'est pas fait pour les chiens !

— Très drôle. Dis donc... J'suis allé à Buffalo la semaine dernière.

— Qu'est-ce que tu veux que ça m'fasse ?

— J'ai fait un truc que j'avais toujours eu envie d'faire.

— Quoi ?

— Je m'en suis mis deux dans mon lit en même temps.

— Et alors ! Tu vas pas m'dire que c'était la première fois ? »

Je les ai laissés à leurs occupations et ai regagné la maison en faisant le tour par-derrière. Quelqu'un a toqué à la fenêtre de la cuisine. C'était Petra qui me faisait signe de rentrer. Je l'ai rejointe.

« Il dort.

— Tant mieux. Petra... » ai-je commencé.

Il fallait à tout prix que je lui parle de l'employé de Corey, mais je ne savais pas comment m'y prendre. Décidément, j'avais bien de la peine à m'exprimer ces temps-ci.

« Ne dis rien. Prends-moi simplement dans tes bras.

— Non. » Nous étions dans le couloir. « Écarte-toi, Petra... On nous a vus. »

Elle portait toujours son foulard blanc autour du cou, sur sa robe noire légère. Son regard s'est assombri. « Qu'est-ce que tu dis ?

— Quelqu'un t'a vue la pousser par la fenêtre, Petra. En plus, il nous a surpris avant, quand on était sur le divan, avant qu'elle n'entre. »

Elle m'a dévisagé un moment en silence. « Tu plaisantes, n'est-ce pas ? Tu me racontes des histoires ? Ce n'est pas possible. Comment...

— Puisque je te le dis. C'est l'employé de Corey. Il t'épie du sommet de la colline en face de la maison avec une paire de jumelles depuis je ne sais combien de temps. Il m'a arrêté sur la route quand je revenais de la ville. Il veut de l'argent, ou... »

Son expression n'avait pas changé. Mais ses lèvres tremblaient. « Continue, ou quoi ?

— Oh, par pitié ! Ou toi... de temps en temps, deux fois par semaine, la nuit. Ou... ou bien les deux. »

Elle portait au bras droit un mince bracelet d'argent qu'elle a enlevé pour le passer au poignet gauche. « L'enterrement a lieu demain, et il va venir. Verne lui a demandé de donner un coup de main, a-t-elle fait remarquer.

— Oui. Ah, c'est demain l'enterrement.

— Combien veut-il ?

— Je n'en sais rien. J'ai rendez-vous avec lui demain soir. »

Subitement, elle a paru retrouver toute son assurance. Elle a relevé ses cheveux sur sa nuque avec nonchalance puis les a laissés retomber sur ses épaules. « Eh bien, nous payerons. J'imagine mal combien il peut demander, mais je suis sûre que ce n'est pas grand-chose.

— Pour l'amour du ciel ! Tu ne te rends pas compte !

— Si, si, je me rends compte. Je vais trouver une solution. En attendant, nous le payerons... Il m'a vue depuis la colline, dis-tu ?

— Oui, c'est ça.

— Il ne peut rien prouver.

— Bon. D'accord. Peut-être. Mais s'il parle, ça pourrait leur mettre la puce à l'oreille. Imagine-toi qu'il vienne trouver Verne ?

— Imagine-toi que Verne soit mort, Alex... »

J'avais dû mal entendre. « Quoi ?

— Oh rien. » Elle s'est jetée dans mes bras et j'ai eu l'impression qu'une bouffée d'air chaud, suffocant, s'abattait sur moi. Elle s'est blottie contre moi et ses lèvres ont effleuré les miennes.

« Alex, Alex, je t'aime tant.

— Que voulais-tu dire à l'instant, à propos...

— À propos de quoi ?

— De Verne. »

Elle s'est cambrée en rejetant la tête en arrière. « Rien, chéri. Je t'assure. Rien du tout.

— Tu mens !

— Bon, je mens. Puisque tu le dis. Embrasse-moi, voyons ! Allons, chéri, embrasse-moi.

— Ne m'appelle pas comme ça. Ça pourrait t'échapper devant les autres.

— Enfin, tu commences à voir les choses en face. Voilà que tu te mets à raisonner comme il faut. »

Je l'ai serrée plus fort et ma bouche s'est écrasée sur la sienne. Je me suis mis à tirer sur sa robe mais, soudain, des pas se sont fait entendre au premier. C'était Verne. Je l'ai repoussée sans ménagement.

Elle a filé dans la cuisine tandis que j'entrais dans le bureau de Verne pour boire un peu de whisky. J'ai fait un sort au carafon. Mais cela n'a rien arrangé. Mon cœur continuait à battre la chamade et j'avais toujours cette terrible impression de suffoquer, d'être irrémédiablement pris dans les mailles d'un filet qui se resserrait toujours davantage autour de moi.

Chapitre dix-sept

L'enterrement devait avoir lieu le lendemain à dix heures.

Il s'était mis à pleuvoir pendant la nuit et au matin, le temps n'avait pas l'air de vouloir se lever. Il tombait une petite bruine froide qui vous pénétrait jusqu'aux os. Le voile gris du ciel était tacheté de noir ; on aurait dit une maladie. Et cette pluie qui s'acharnait à descendre lentement. Plainte lancinante du paysage glacial.

Le révérend Waugh est arrivé le premier. C'était un petit homme fluet, vêtu d'un costume étriqué, avec des yeux étroits et des lèvres pincées. Il marchait comme un automate et quand il changeait de direction, tout son corps tournait en même temps, comme s'il avait les vertèbres soudées. Après les présentations, il était allé s'entretenir avec Verne dans le salon. Je m'étais réfugié dans le bureau. Petra avait rejoint son mari.

La voix monocorde du révérend me parvenait comme un ronron continu tandis que je buvais verre sur verre. Je ne voyais pas d'autre moyen pour tenir le coup. Je m'efforçais de ne penser à rien mais j'étais hanté par l'image de Petra et par l'idée que chaque minute qui s'écoulait nous rapprochait du moment fatidique où elle m'appartiendrait.

Le révérend s'est raclé la gorge sur le pas de la porte et s'est avancé vers moi de sa démarche raide. « C'est tout à fait irrégulier, tout à fait, a-t-il commencé. Bien sûr, monsieur Bland, je ne voudrais pas... au nom de l'amitié, certes. Mais les autorités seront très mécontentes. L'enterrer ici alors qu'il y a un cimetière à Allayne. Les règlements, ça existe.

— Nous sommes en dehors des limites de la ville.

— Oui, mais... c'est tout à fait irrégulier.

— Voudriez-vous boire quelque chose ? »

Saisi, il a battu des paupières en plissant ses petits yeux. « Non. »

Un bruit a attiré mon attention vers la porte ; Petra a passé la tête et m'a envoyé un baiser avant de s'éclipser. J'ai réprimé un frisson. On ne joue pas ainsi avec la mort. Je n'arrêtais pas de me le répéter. Seulement ça ne faisait pas grande différence.

Le révérend s'était rapproché de la fenêtre.

« Voilà le corbillard », a-t-il annoncé en se tournant vers moi, l'air tout content.

Au même instant, j'ai entendu Petra appeler Verne. « Voilà le corbillard, chéri. »

Le pasteur est sorti précipitamment du bureau sur ses petites jambes raides. Je n'avais pas bougé.

L'office des morts a eu lieu dans la maison ; ensuite, nous avons transporté le cercueil au sommet de la butte.

Verne était devant moi, du côté gauche. Herb Corey, un gros fermier rougeaud et empoté, lui faisait pendant tandis que son employé portait, comme moi, l'arrière du cercueil. J'avais été plus ou moins contraint de lui serrer la main. Un sourire ironique avait effleuré ses lèvres molles. J'avais ainsi appris qu'il s'appelait Cecil Emmetts.

Petra nous suivait sous les pommiers ruisselants, en compagnie du révérend Waugh. Nous avions tous des imperméables. Petra brandissait un parapluie sous lequel le pasteur essayait de s'abriter.

Le cercueil ne pesait pas bien lourd. Nous avancions lentement sous la pluie, dans l'herbe humide. Puis nous avons traversé une passerelle improvisée enjambant le ruisseau, avant d'entamer la montée.

Deux hommes venus de la ville attendaient au sommet, pour aider à descendre le cercueil dans la fosse. Il n'y avait pas encore de pierre tombale mais je me souvenais que Verne avait dit qu'il en ferait faire une.

Je ne voulais pas regarder dans la direction d'Emmetts mais je sentais qu'il m'observait.

Corey et lui étaient arrivés juste après le corbillard ; il avait longuement dévisagé Petra, une lueur sournoise dans les yeux. Il n'arrêtait pas de mâchonner du tabac et ses crachats ont ponctué notre marche.

Je me suis demandé si la vieille bougeait dans son cercueil. Nous faisions très attention. Verne se tenait très droit ; il marchait d'un pas saccadé. L'herbe était glissante ; l'ascension de la colline ne s'est pas faite sans mal. À un moment donné, Herb Corey, qui n'avait pas l'air très costaud, a posé un genou à terre. Il s'est redressé avec peine en soufflant et a marmonné un mot d'excuse d'un air gêné.

Derrière nous, le révérend Waugh a chuchoté quelque chose à l'oreille de Petra. Seule la réponse m'est parvenue : « On n'y peut rien. »

Nous arrivions au sommet, au pied du sycomore où nous attendait la fosse béante. Je bâillais sans retenue de peur de me mettre à parler à haute voix. La situation était insoutenable et je me sentais à deux doigts de la crise de nerfs.

Les gouttes de pluie s'attardaient un bref instant sur la terre fraîchement remuée autour du trou, pareilles à des diamants éphémères, avant de disparaître.

Un bourdonnement de voix confuses s'est élevé tandis qu'on déposait le cercueil sur les courroies au-dessus de la fosse. Ensuite, Verne s'est avancé au bord de la tombe, avec Petra, sous son parapluie. Je leur faisais face, de l'autre côté du trou. Corey et Emmetts ainsi que les deux hommes venus de la ville se sont écartés lorsque le pasteur a commencé ses prières.

Il bruinait toujours. On aurait dit qu'un gros nuage descendait lentement sur la terre. Les branches du sycomore dégouttaient sur le vernis noir du cercueil. Je n'ai pas entendu un seul mot de ce que disait le pasteur.

Nos regards s'étaient soudés. J'étais incapable de détourner la tête. Je sentais les yeux d'Emmetts posés sur nous. Une vague de panique, comme une nausée, m'a envahi peu à peu, tandis que le révérend continuait à débiter ses prières.

Nous étions totalement ailleurs. Ses lèvres se sont entrouvertes et sa respiration s'est faite haletante. Je voyais ses seins se soulever de plus en plus vite. Elle allait me rendre fou. Tellement j'avais envie d'elle. J'aurais voulu sauter par-dessus la tombe pour la prendre dans mes bras et presser son corps contre le mien. Elle aussi...

Nous étions deux monstres...

Entre nous, dans le cercueil noir étincelant, gisait le corps d'une vieille femme assassinée, et je n'avais rien fait pour empêcher sa mort.

Sur le chemin du retour, Emmetts a brusquement surgi à mes côtés, ses épaules voûtées secouées de tremblements sous son imperméable, un large sourire sur ses lèvres molles.

« Le cadavre est enterré, mais c'est pas fini, hein, monsieur Bland ? » a-t-il murmuré.

Je me suis tourné d'un bloc, prêt à le frapper.

« Allons, du calme ! On se voit ce soir, alors ? Vous n'avez pas oublié, j'espère ?

— Foutez le camp avant que je vous tue. »

Il a gloussé. « Vous ne trouvez pas que pour le moment, ça suffit comme ça ? » Crachat. « S'il y en a encore un qui doit crever, c'est vous. Elle finira par avoir votre peau. »

En disant cela, il a pointé le menton dans la direction de Petra qui marchait devant nous, à côté de Verne. Au même moment, elle s'est retournée vers moi. Son regard a croisé celui d'Emmetts, lequel a hoché la tête en souriant méchamment. Elle s'est détournée à la hâte.

« Cochon ! a-t-il bougonné d'une voix caverneuse. On verra bien qui c'est, le cochon ! »

Personne ne s'est attardé après l'enterrement. Ils avaient tous l'air pressés de partir. Il n'est bientôt plus resté que nous trois. Seuls. Et la pluie qui continuait à tambouriner sur le toit.

« Je vais en ville », a soudain annoncé Verne, quelque dix minutes après le départ des autres. « Il faut que je choisisse une pierre tombale. Maintenant que c'est fini, je me sens mieux. »

Je n'ai pu m'empêcher de tourner la tête vers Petra. Elle m'a rendu mon regard, blême.

« Je vais voir ce que je peux faire pour déjeuner », s'est-elle empressée d'annoncer.

Il fallait que je dise quelque chose. Verne attendait, je le savais bien. Mais j'avais peur que ma voix me trahisse. « Tu veux que je t'accompagne, Verne ? » ai-je fini par articuler péniblement.

Il a hésité tandis qu'il mettait son chapeau et enfilait lentement son manteau. « Non, m'a-t-il répondu en souriant pour la première fois depuis longtemps. Non, je ne crois pas. » Avant de quitter la pièce, il a ajouté : « Tiens plutôt compagnie à Petra. »

La porte d'entrée s'est refermée derrière lui avec fracas.

Petra se dirigeait vers la cuisine ; brusquement, elle s'est retournée et est revenue sur ses pas. « Il a dit que tu devais me tenir compagnie ! »

La voiture n'avait pas encore atteint le bout de l'allée que nous nous étions déjà jetés l'un sur l'autre comme deux bêtes en folie.

J'ai plongé mes mains dans sa chevelure. Ma bouche s'est écrasée sur la sienne. Mais soudain, elle s'est dégagée. « Montons ! » a-t-elle soufflé.

Comme je la lâchais, elle a foncé vers l'escalier, tout en déboutonnant sa robe. Quand je l'ai rejointe à la porte de sa chambre, elle l'avait déjà retirée.

Je l'ai empoignée dans l'embrasure de la porte. Nous avons titubé jusqu'au lit en nous agrippant sauvagement l'un à l'autre. Elle s'était mise à gémir.

Nous ne sommes jamais arrivés jusqu'au lit, nous nous étions écroulés par terre bien avant. La maison a tremblé. Et sa chevelure de jais s'est étalée comme un immense éventail noir sur l'épais tapis acajou.

Chapitre dix-huit

Nous avions finalement atteint le lit et gisions là, dans un demi-sommeil, lorsque Petra s'est vivement redressée. Puis elle a sauté au pied du lit et s'est mise à s'habiller en toute hâte.

« Il risque d'arriver d'un instant à l'autre. J'avais dit que je préparerais quelque chose à manger. Seigneur ! Ça fait au moins deux heures qu'il est parti. »

J'ai acquiescé sans la regarder. Ses cheveux ont soudain balayé mon visage et ses lèvres se sont posées sur les miennes. « À plus tard », a-t-elle chuchoté.

Je l'ai entendue filer dans le couloir et descendre les marches quatre à quatre.

Je n'éprouvais plus rien, plus rien qu'un total écœurement, à cause de tout ce qui s'était passé. J'ai essayé de lutter contre cet horrible malaise, mais je n'y arrivais pas. Couché sur le dos, j'ai fixé le plafond bleu nuit et j'avais la sensation d'être au fond de cette tombe aux parois suintantes qui se refermait sur moi tandis que le cercueil ruisselant de pluie descendait peu à peu. Je voyais le visage hagard de Verne. Était-il donc aveugle ? Pourquoi ne devinait-il pas ? Et puis à nouveau la masse grisâtre sur les dalles du patio...

Une fois habillé, je suis allé jeter un coup d'œil à la fenêtre. La balustrade était restée telle quelle. Les colonnettes brisées, et en contrebas, sur la pierre, cette forme grise, disloquée. Gravée à jamais dans ma mémoire.

J'ai regagné ma chambre dont j'ai fermé la porte à clé. Cela n'a rien arrangé, mais j'en suis tout de même venu à me dire qu'il fallait que j'en finisse. Ça ne pouvait plus durer. Il était temps d'agir.

J'ai pris une douche glacée, et sous cette pluie cinglante, je n'arrêtais pas de penser à la tombe, là-haut sur la butte, au pied du sycomore. Aux gouttes d'eau qui tombaient des branches dans la triste pénombre de ce soir d'automne. La rivière avait dû monter. Les berges étaient déjà saturées d'eau quelques heures plus tôt.

Petra. Elle s'était littéralement déchaînée sur le tapis...

Après m'être énergiquement frictionné avec la serviette-éponge, je suis sorti de la salle de bains pour aller me poster devant la fenêtre. La crête de la colline se profilait de l'autre côté de la route. Accroupi parmi les ronces...

Et Madge qui m'attendait à Chicago, à se demander ce qui m'arrivait, furieuse sans doute. Comment pourrais-je jamais lui expliquer ? D'ailleurs, avais-je vraiment envie de lui expliquer ?

Meurtre.

Un crissement de pneus à l'entrée de l'allée a annoncé le retour de Verne. Un instant plus tard, une porte a claqué et j'ai entendu son pas dans le couloir au rez-de-chaussée, puis des voix indistinctes, dans la cuisine.

Aucune règle du jeu n'avait été établie, hormis l'acceptation de l'inévitable. Petra m'avait tenu à distance, résistant avec opiniâtreté jusqu'à ce que la vieille ait été mise en bière. Alors seulement, elle avait cédé. Cédé avec une frénésie insensée. Et moi qui n'avais même pas le cran d'aller trouver Verne, ou de prendre la fuite. Non. Même pas de prendre la fuite.

On a frappé à ma porte. Un petit coup bref. J'avais à peine eu le temps de me retourner que le bruit avait cessé.

Puis il a repris. J'ai enfilé en vitesse un pantalon et me suis dépêché d'aller ouvrir.

« Alex ! Alex ! Il a eu une attaque. »

Elle est restée un instant sur le seuil avant de s'élancer vers moi, sans me toucher pourtant, soudain immobile, les bras tendus, livide. Elle portait une robe d'intérieur noire serrée à la taille par une large ceinture.

« Qu'est-ce que tu dis ?

— Une attaque. Verne. Au moment où il quittait la ville. Il a arrêté la voiture et il a attendu que ça passe. Il vient de rentrer. »

J'ai voulu l'écarter pour sortir. Elle s'est interposée en se cramponnant à moi. « Non. Laisse-le. Il se repose. Rends-toi compte, Alex. »

J'ai une nouvelle fois tenté de passer. Pendant quelques secondes, nous nous sommes acharnés l'un contre l'autre ; elle s'est mise à jurer à voix basse. Un seul coup d'œil sur son visage a suffi à m'arrêter sur-le-champ.

« Rends-toi compte, Alex, a-t-elle répété.

— As-tu appelé un médecin ?

— Il ne veut pas. Il dit qu'il n'en est pas question.

— Fais-le quand même, Petra. Pour l'amour du ciel ! C'est peut-être très grave. Et s'il allait mourir !

— Justement. Tu te rends compte ! »

Elle s'est jetée dans mes bras, mais je l'ai expédiée sans ménagement vers le lit. Elle est tombée à genoux, sans pour autant cesser de me parler en faisant de grands gestes. « Réfléchis, Alex ! C'est une chance inespérée. Je t'avais bien dit qu'il avait le cœur faible. Il n'a jamais voulu l'admettre. Le docteur lui avait recommandé d'arrêter de boire et de fumer, mais il n'a jamais voulu l'écouter. Il est en train de descendre une bouteille de cognac. » Elle s'est arrêtée soudain. Elle était tellement agitée que les mots se bousculaient dans sa bouche comme si elle manquait de temps. « Tout cet argent, Alex. Une petite fortune. Il serait à moi... à nous. »

Je l'ai regardée sans comprendre, incapable d'en croire mes oreilles. « Mais, Petra... On vient à peine d'enterrer sa mère ! »

Elle s'est relevée sur un genou, implorante, sa bouche pareille à une entaille sanglante, presque aussi noire que ses yeux, ses cheveux barrant son visage livide. « Oui, oui, c'est ça », a-t-elle continué, comme si elle se parlait à elle-même. « Le choc de la mort de sa mère. Ça pourrait le tuer. On pourrait arranger ça. Ne comprends-tu pas ? Je n'en peux plus. Ça fait trop longtemps que ça dure. On pourrait... »

Je me suis avancé vers elle et la paume de ma main s'est abattue sur sa joue. Elle a reculé, blottie contre le montant du lit. J'avais encore envie de la frapper mais je ne m'en suis pas senti la force. La gifler ne pouvait rien changer. Elle était là, haletante, à me regarder, à demi nue, les jambes écartées, la poitrine découverte, avec seulement sa ceinture pour retenir sa robe défaite autour d'elle.

Elle me couvait d'un regard intense tandis que de petites gouttes d'un rouge éclatant perlaient au coin de sa bouche. « Tu m'aimes, a-t-elle murmuré en hochant doucement la tête. Tu ne sais pas comment me le dire mais ton geste suffit. Tu ne peux pas supporter d'entendre la vérité. Tu refuses de te l'avouer à toi-même. Mais tu sais bien que j'ai raison. »

J'étais incapable de répondre.

« Tout vient de toi. Tu t'obstines à nier l'évidence, a-t-elle poursuivi. Laisse-toi aller, voyons ! Plus tu me frappes, plus tu as envie de moi. Tu ne dors plus, tellement tu te tracasses. Tu as des remords à cause de la fille de Chicago. Est-ce aussi bon avec elle qu'avec moi, Alex ? Non. Bien sûr que non. Je le vois dans tes yeux. Évidemment ! Elle ne sait pas ce que c'est que la passion. Tuer par amour ! C'est bien la meilleure preuve que l'on puisse donner. Comment peux-tu... »

Je suis sorti précipitamment et ai descendu les marches quatre à quatre. Arrivé en bas, je me suis retourné. Debout près de la porte, elle me regardait.

Verne était étendu sur le divan du salon, une bouteille de cognac sous le bras. Très pâle. Son front et sa chemise étaient trempés de sueur. À mon entrée, il n'a pas bougé, mais ses yeux se sont posés sur moi.

« Comment te sens-tu ? lui ai-je demandé en m'approchant.

— Ça va, ça va bien », m'a-t-il répondu d'une voix blanche, en ébauchant un sourire qui ressemblait plus à une grimace. La peur se lisait sur son visage, mais dès que j'ai été à ses côtés, son expression a changé.

« Laisse-moi appeler un médecin, Verne. Petra m'a dit que tu avais eu une attaque.

— Pas de médecin, Alex. Ça ira. Ce n'est pas la première fois que ça m'arrive, va !

— Tu ferais peut-être mieux de ne pas boire.

— Non, non. Ça me fait du bien au contraire. Bon Dieu ! a-t-il ajouté avec un ricanement. Tu sais bien que le cognac, ça me connaît.

— Bon. Comment te sens-tu ? Vraiment. » J'ai poussé un fauteuil près du divan et me suis assis.

« Je suis fatigué. Autrement, ça va.

— Ça t'a fait très mal ? »

Il a grimacé de nouveau et a bu une gorgée au goulot avant de me répondre. « Non. Ça ne fait pas si mal que ça. Seulement on se demande toujours si on va encore tenir le coup longtemps. Tiens, tu en veux ? »

J'ai accepté bien volontiers. C'était sacrément bon. Il y avait longtemps que je n'avais pas bu de cognac et ce goût m'a rappelé des souvenirs mémorables et d'autres alcools bien plus mauvais.

Seul à seul avec lui, je commençais à me sentir vraiment mal. L'effroyable réalité de tout ce qui s'était tramé contre lui, sous son toit, m'obsédait. Et ce n'était pas fini. Quoi que je dise à Verne, je lui mentais, d'une manière ou d'une autre. « Je crois qu'on ferait quand même mieux d'appeler un médecin.

— Non. Passe-moi la bouteille », m'a-t-il répondu en levant la tête vers moi.

J'ai bu encore une gorgée avant de la lui rendre. Je savais que j'aurais dû aller téléphoner, mais je suis resté là. Ce n'était qu'un geste mais un geste qui aurait sans doute beaucoup compté pour lui.

« Petra en a bavé avec ma mère », a-t-il déclaré en fermant les yeux. De grosses gouttes de sueur perlaient sur son front. « Qu'est-ce que je vais faire à présent ?

— Pourquoi dis-tu cela ?

— Oh, pour rien. » Puis les yeux toujours clos, il a ajouté : « Alex, est-ce que tu veux bien rester encore un peu ? »

Le son d'un piano s'est élevé à l'autre bout de la maison. Une exécution précise, habile, passionnée. Au premier abord, je n'ai pas reconnu le morceau, et puis soudain je me suis rappelé. Aussitôt, j'ai jeté un bref coup d'œil à Verne. Il n'avait toujours pas rouvert les yeux.

« C'est Petra. Elle joue bien. Ça faisait longtemps qu'elle n'avait pas touché au piano. »

Je l'ai dévisagé, stupéfait qu'il connaisse si mal la musique ! Car il était évident qu'il n'avait pas reconnu le morceau : *La Danse macabre* de Saint-Saëns ! Je me suis demandé si elle avait pris le temps d'épousseter les touches du piano. Je me souvenais de m'être surpris à siffloter cet air la première nuit que j'avais passée dans la maison. Elle avait une manière saccadée de jouer qui donnait froid dans le dos. C'était ridicule de ma part, et peut-être un peu mélodramatique, mais j'ai brusquement eu l'impression de me trouver dans l'antre de la mort, le repaire du mal. Me serait-il possible un jour, avec le recul, de voir dans tout cela une quelconque trace d'humour ? Pour l'instant, en tout cas, je me faisais tout bonnement horreur.

Et je sentais bien que je ne pouvais pas partir avant d'avoir tout avoué à Verne. Que savait-il exactement ? Avait-il deviné ?

Cecil Emmetts. L'après-midi passerait vite, et puis le soir viendrait, l'heure du rendez-vous sur la route.

Je n'aurais qu'une seule réponse à lui donner. Il n'y en avait pas d'autre.

Le piano s'était tu. J'ai regardé Verne ; il s'était endormi et la bouteille glissait lentement sous son bras. Je l'ai prise pour m'en envoyer une bonne lampée. Puis je me suis assis sur le tapis, au pied du divan, soulagé que l'alcool fasse enfin son effet, même si j'avais encore l'esprit un peu trop clair.

Je n'ai pas tardé à me relever et me suis dirigé vers le salon de musique. La porte était fermée. Je l'ai ouverte, suis entré et ai refermé derrière moi.

« Hello, chéri ! »

Elle était assise au piano. Elle portait toujours la même robe, mais elle avait mis des bas et des talons hauts.

Quand elle s'est retournée brièvement pour me jeter un regard, je me suis pris à imaginer que tout ce cauchemar n'avait jamais existé. Mais très vite, cette impression s'est dissipée.

Je me suis assis sur une chaise près de la fenêtre dont le rebord ruisselait de pluie. Petra avait repoussé les deux battants. Elle s'est levée et s'est approchée de moi.

« Regarde, a-t-elle fait, j'ai oublié de te montrer. » Puis elle a ajouté : « Il faut croire que tu étais trop occupé pour remarquer. » Elle a alors défait la ceinture de sa robe, levé la jambe et posé le pied sur le coussin de ma chaise. Puis elle a décroché sa jarretelle et descendu son bas jusqu'au genou. « Là ! Regarde ce que tu m'as fait hier ! »

Elle avait un énorme bleu sur la cuisse.

Elle m'a pris la main et l'a passée sur la marque.

« Ça t'excite, a-t-elle dit, je le vois bien. »

Je me suis brusquement redressé et ai rejoint le piano dont j'ai effleuré les touches. Il y avait encore un peu de poussière dessus. « Pourquoi as-tu choisi cet air ?

— Parce que j'en avais envie. C'était de circonstance. Voyons, Alex, détends-toi un peu ! »

Elle était en train de remonter son bas. Ses jambes, ses hanches... le simple fait de poser les yeux sur elle me retournait les sangs. Son regard noir me troublait jusqu'au plus profond de mon être ; à en perdre tous mes moyens.

Le cognac m'était monté à la tête. « Maudite... »

Comme elle reposait son pied par terre, les pans de son vêtement se sont écartés. Elle ne portait rien en dessous, hormis le porte-jarretelles.

Ses lèvres luisantes, écarlates me souriaient. « Cesse de te torturer. Profite donc de ce qui s'offre à toi. »

C'était ma voix, mais ce n'était pas vraiment moi qui parlais : « Salope ! Ferme cette porte. » Elle m'a obéi. « Viens ici ! » Là encore, elle s'est exécutée.

Son sourire amusé s'est effacé sous l'empire de la passion.

« Pourquoi ne pourrait-on pas tout oublier ? Toi, je veux dire. Pourquoi n'essaies-tu pas de faire une croix sur ce qui s'est passé ? On pourrait profiter de la vie. »

J'étais retourné m'asseoir dans le fauteuil et elle s'était mise à califourchon sur un des bras du siège, la hanche contre mon épaule. Sa robe gisait en tas à nos pieds.

« Habille-toi », lui ai-je ordonné en me levant pour aller jeter un coup d'œil dans le bureau de Verne. La maison était silencieuse. J'ai refermé la porte sans tourner la clé puis j'ai regardé Petra enfiler sa robe. Elle avait de gros seins, parfaitement modelés, hauts et fermes. Un corps sans défaut, qu'on aurait dit sculpté dans le plus pur albâtre avec un talent divin.

Serrant la ceinture autour de sa taille, elle a repris : « Au fond, c'est vrai, on ne plaisante jamais. Tout est tellement tendu entre nous. Enfin, je ne dis pas que ça me gêne. C'est vrai, je n'ai rien contre.

— Ferme-la !

— Je ne me tairai pas. Tu continues à t'obstiner. Combien de temps est-ce que ça va encore durer ? Quand vas-tu te décider à reconnaître la vérité ? »

Je n'ai rien répondu mais en moi-même, je me suis juré de ne jamais en arriver là.

« C'est à cause de lui, n'est-ce pas ? À cause de Verne. Tu t'accroches à une stupide amitié qui n'existe même plus. Tu ne vois donc pas qu'il n'est plus bon à rien ? C'est une loque, une véritable loque. Sans compter qu'il n'en a plus pour longtemps. »

Je me suis passé la main sur le visage. Son parfum imprégnait ma peau comme un acide pénétrant peu à peu l'épiderme, brûlant, indélébile.

J'ai quitté la pièce, traversé le bureau et jeté un coup d'œil dans le salon pour voir si Verne dormait encore. Il était réveillé et a battu des paupières.

« Qu'est-ce que tu as fait de ma bouteille ? m'a-t-il demandé.

— Je l'ai vidée. »

Il a laissé retomber son bras mollement et un demi-sourire a effleuré ses lèvres quand ses doigts ont rencontré le goulot. Après avoir vérifié qu'il en restait un peu, il a étanché sa soif. Puis il s'est redressé. « Ça va nettement mieux », m'a-t-il annoncé.

J'étais resté sur le pas de la porte.

« Depuis que tu es ici, a-t-il poursuivi, bizarrement, je me sens mieux. Il s'en est pourtant passé, des choses, mais j'ai l'impression que maintenant, ça va s'arranger, que l'orage est passé. »

Je n'ai pas répondu tout de suite. L'orage passé... Les choses qui allaient s'arranger... « Ça ira, tu verras. Surtout ne te laisse pas démonter par les autres. »

Il avait vraiment l'air requinqué. « Ça me fait plaisir de t'avoir ici. Comme au bon vieux temps. C'est tellement important de savoir que l'on peut compter sur quelqu'un. »

C'en était trop. C'était insupportable, révoltant, répugnant. Il ne savait donc pas. Mais il n'y avait rien à faire, à dire. Mon esprit était comme un gouffre immense. Je me suis traité de lâche, de salaud sans tripes. Comme si l'adultère et le meurtre ne suffisaient pas, il y avait maintenant cette histoire de chantage.

« Alex ! Qu'est-ce qui te tracasse ? Tu n'as pas l'air dans ton assiette depuis quelques jours.

— Oh, rien. Ça va. Ça va. Un peu fatigué peut-être. » Un peu fatigué...

« Je me rends bien compte que ça n'a pas été facile. Mais je te revaudrai ça, va ! »

J'ai ri. On aurait dit les dernières mesures d'un chant funèbre. « Oublie tout cela, veux-tu ? À mon tour d'aller faire un petit somme. »

Il n'a rien répondu cette fois, et s'est contenté de me fixer longuement, perplexe peut-être.

Je suis monté m'enfermer dans ma chambre.

Je me suis soigneusement lavé les mains, puis je les ai reniflées. L'odeur de son parfum ne voulait pas s'en aller.

J'étais en train de me les frotter avec de l'eau de Cologne quand, soudain, j'ai aperçu mon visage dans la glace de l'armoire à pharmacie. Une lueur brillait dans mes yeux que je n'avais jamais vue auparavant. « Tu deviens fou, mon pauvre vieux ! Tu commences vraiment à perdre la boule ! »

En tout cas, mes mains ne sentaient plus rien.

Chapitre dix-neuf

À neuf heures moins le quart, j'étais déjà bien éméché. C'était la première fois que je voyais Petra un peu inquiète. Et plus elle me regardait en fronçant les sourcils, plus je buvais.

Nous étions dans le salon. Verne n'avait pas quitté le canapé. Il avait bu, mais modérément.

« Alex, vous allez vous rendre malade, s'est exclamée Petra.

— Il est en vacances, a rétorqué Verne. Il a bien le droit de boire. »

Seulement, je m'enivrais pour une tout autre raison. L'alcool commençait à faire son effet mais je savais qu'il m'en faudrait encore pas mal avant d'arriver à oublier ce qui me tracassait. Ou de m'en fiche complètement.

« Il est déjà neuf heures moins dix, a annoncé Petra quelques instants plus tard en me lançant un regard suggestif.

— Et alors ? Demain, je ne travaille pas. Ils n'ont qu'à se débrouiller sans moi pendant quelques jours. Je réglerai l'essentiel par téléphone. C'est le moins que je puisse faire pour Alex.

— Merci, ai-je répondu. Ça te fera du bien à toi aussi. » Je me suis levé en chancelant. « Je crois que j'ai besoin de prendre un peu l'air. Je vais aller faire un tour.

— Bonne idée ! Moi je n'ai pas le courage. Va avec lui si tu veux, Petra. »

Je l'en ai dissuadée d'un signe.

« Je reste ici. Mais ne vous perdez pas et ne tardez pas trop. Il pleut toujours. Prenez l'imperméable de Verne, dans l'entrée. »

J'étais déjà dans le vestibule, l'imperméable sur les épaules. Avant de sortir, je suis allé dans la cuisine récupérer une bouteille de whisky pleine que j'avais repérée sur une étagère. Je l'ai glissée dans une poche et me suis éclipsé par la porte donnant sur le jardin.

Une fois dehors, je me suis empressé d'ouvrir la bouteille pour prendre encore un peu de force ; je l'ai rebouchée avec soin avant de la remettre en place. Ensuite, j'ai gagné la route et pris la direction d'Allayne. Il pleuvait de plus en plus fort et cette eau qui ruisselait sur mon visage et ma tête nue me faisait du bien. Elle descendait du ciel sans rien toucher au passage et j'avais la sensation qu'elle me purifiait.

J'espérais que, peut-être, elle purifierait aussi mes pensées. Mes mains ne sentaient plus le parfum, mais comment faire pour me laver le cerveau ? En tout cas, la pluie n'y ferait rien.

Il faisait nuit noire et les collines se fondaient dans l'obscurité. Les branches des arbres se détachaient comme d'énormes mains noires, plates et déformées contre ce ciel liquéfié, violet foncé, qui devait quand même éclairer un peu car les flaques étincelaient sur l'asphalte. Un oiseau solitaire sifflait de temps en temps parmi les ronces des collines.

Cecil Emmetts. Cette histoire ne semblait pas affecter Petra le moins du monde. Elle n'avait même pas l'air de se sentir concernée. Mais si le meurtre ne l'avait pas ébranlée, je voyais mal ce qui pouvait la toucher.

J'attendais quelque chose. Jour après jour. Mais quoi ? De la force ? De la volonté ? Cette volonté qui m'avait toujours maintenu sur la bonne voie et qui m'abandonnait soudain, juste au moment où j'en avais le plus besoin.

Il allait se passer quelque chose. Ce n'était pas possible autrement. Puisque tout allait en empirant, il fallait bien que ça éclate. Et je commençais à me demander si ce n'était pas moi qui allais éclater.

Le temps s'était nettement rafraîchi. C'était la nuit la plus froide depuis mon arrivée. J'ai extirpé la bouteille de ma poche et ai fait descendre une bonne ration de whisky. Le lieu du rendez-vous était à deux pas.

J'ai fait le tour par la prairie détrempée. Il n'était pas encore là. J'ai décidé d'attendre sur le talus au bord de la route. Une voiture est passée en m'envoyant un jet de pluie et de gaz d'échappement en plein visage. Du coup, je me suis mis à penser à Chicago, puis à écrire une lettre imaginaire à Madge :

Chère petite Madge,

Il faut que je te fasse des aveux. Je suis impliqué dans une affaire de meurtre. Ça pourrait mal tourner pour moi. En plus je couche avec la femme de Verne et il y a un type qui nous fait chanter parce qu'il nous a vus balancer la grand-mère par la fenêtre. Je suis saoul et complètement trempé. Petra me rend cinglé. Dès que je la vois, j'ai envie de lui sauter dessus. Pourtant je sais que je t'aime et que je t'aimerai toujours, quoi qu'il arrive, et je crois que je me doute déjà de ce qui va arriver.

Je suis parti d'un rire convulsif. Finalement, mon hilarité a pris fin et j'ai encore bu une longue rasade. En jetant un coup d'œil à ma montre, je me suis aperçu qu'il était neuf heures et quart. Son retard m'a donné de nouveau envie de rire.

La pluie a redoublé. Les gouttes s'écrasaient sur l'asphalte.

Je n'avais soudain plus qu'une envie : m'en aller, retourner auprès de Madge. Quitter cette maison et Petra. Mais ce n'était plus possible. Les dés étaient jetés. Il fallait continuer la partie jusqu'au dénouement. Il n'était plus question de rentrer tranquillement à Chicago pour recommencer à coller des étiquettes sur des bouts d'ossements et de vieilles reliques. Pas seulement à cause du meurtre. D'une manière ou d'une autre, je serais contraint d'affronter Verne et de lui dire la vérité. C'était la seule façon de libérer ma conscience.

Cela méritait bien une autre lampée de whisky.

J'ai vérifié l'heure encore une fois. Il était neuf heures et demie et j'ai commencé à en avoir assez de faire les cent pas sous la pluie.

« Au diable Emmetts, me suis-je écrié à haute voix en m'apprêtant à descendre le talus pour rejoindre la route.

— Je suis là, m'sieur. Ne partez pas ! »

Je me suis arrêté pour jeter un coup d'œil par-dessus mon épaule. Emmetts a brusquement surgi de derrière les buissons et s'est avancé vers moi, sans se presser, en soufflant bruyamment.

« J'vous avais à l'œil, m'a-t-il confié en ponctuant sa phrase de son habituel jet de salive brunâtre.

— Vous êtes là depuis que je suis arrivé ?

— Pas tout à fait. Je m'suis dit que ça serait bien de vous laisser mijoter un peu. »

J'ai fait mine de m'en aller ; il m'a rattrapé par le bras.

« Où vous allez comme ça ? »

Il portait un poncho et son chapeau. Il était complètement trempé mais ses yeux, sa bouche riaient et ses épaules s'agitaient.

Dans la poche gauche de mon imperméable, j'avais glissé une centaine de dollars, au cas où ; je n'arrêtais pas de froisser les billets entre mes doigts.

« Donnez-moi un coup à boire, a-t-il dit. J'l'ai vue, vot'bouteille. »

Je n'ai pas bronché.

« Z'êtes sourd ? »

J'ai fini par la lui tendre.

« Ne choisit pas qui emprunte, a-t-il fait solennellement en dévissant le bouchon. À partir de maintenant, c'est moi qui décide. » Il a bu goulûment, s'est léché les babines puis a jeté le bouchon. « On n'est pas rassuré, hein !

— La prochaine fois, ça ne se passera pas comme ça, croyez-moi !

— Ah non ? C'est à vous d'voir, m'sieur.

— Et si j'allais trouver la police ? »

Il a grimacé un sourire ; j'ai vu ses dents dans l'obscurité. Puis il a bu encore. « J'parie que ça vous a fait bizarre de porter la vieille dans sa tombe ? » Il a soufflé bruyamment en tapotant le rebord de son chapeau contre la paume de sa main pour le sécher un peu. Ses yeux brillaient comme deux châtaignes mouillées.

« Et alors ?

— Vous d'vez vous sentir plus tranquille maintenant, a-t-il repris. La femme de votre ami aussi. J'm'dis que j'lui rends p't-être service comme ça. Paraît que vous êtes un frère pour lui. L'vieux Herb m'a dit que vous étiez le seul type sur la terre en qui Verne a confiance. » Il a pouffé de rire.

« Vous feriez mieux de vous taire », ai-je dit. Je n'allais pas pouvoir supporter ça très longtemps.

« Vous n'avez pas froid aux yeux, vous au moins ! La fille encore, on la comprend d'avoir balancé la vieille par la fenêtre. Enfermée comme elle était. Partout où elle allait, fallait qu'elle la trimbale. J'étais sûr qu'ça finirait comme ça. J'savais qu'un jour elle perdrait patience. Vous vous pointez et c'est le grand chambardement ! J'parie qu'elle a le sang chaud, hein ! »

Le whisky commençait à ne plus faire effet. Je tremblais sous mon imperméable et mon estomac noué se contorsionnait comme s'il abritait un nid de serpents. On ne peut pas connaître une telle sensation tant qu'on ne l'a pas vécue. C'est une expression qu'on lit dans ces vieux romans où le héros lèche les bottes de sa maîtresse, tout honneur, fierté et courage jetés aux orties, avant de ramper à leur poursuite, sans même essayer de les regagner. On en rit aujourd'hui, parce que les choses ont bien changé. On en rit, mais lorsque ça tourne à l'aigre et qu'on s'aperçoit que le mal gît au cœur de ces histoires, il y a de quoi en avoir la chair de poule. Et malgré ça, impossible de détacher le regard de ces yeux de braise habités par le vice.

Et peut-être qu'elle avait en effet quelque chose du gardien de Milton, ses entrailles visitées par les serpents et les dogues de l'enfer, qui grondant et qui mordant, et que vous vous en fichiez. Peut-être était-ce cela. Peut-être parveniez-vous à maîtriser les molosses.

J'ai ricané.

« Ça commence vraiment à vous monter à la tête, hein ? »

Du coup, je n'avais plus du tout envie de ricaner. Je voulais voir Madge. Oh, j'avais tellement envie de la rejoindre, que toute cette histoire soit finie et qu'on n'en parle plus. Seulement je n'allais pas m'en tirer comme ça. Il allait me falloir rendre des comptes. Impossible de faire autrement.

Et voilà qu'elle s'était mis en tête de tuer Verne.

Mes pensées s'embrouillaient mais ce n'était plus à cause du whisky. J'avais le cerveau complètement embrumé. Elle voulait liquider Verne pour récupérer l'argent.

Elle l'avait déjà quasiment fait. Il n'était plus que l'ombre de lui-même.

Emmetts a fini la bouteille puis l'a jetée sur le bas-côté de la route, où elle a heurté une pierre et s'est brisée.

« Ben alors, on s'décide ?

— Que voulez-vous ? ai-je demandé sans réfléchir, parce que je ne voulais pas y penser.

— J'me suis dit que pour commencer, fallait y aller doucement. Après on serrera la vis. Cinquante dollars maintenant. J'avais dit pas d'argent ce soir mais vous devez bien avoir un petit billet de cinquante sur vous. Dimanche prochain, vous amènerez la fille. Même heure. Même endroit. J'veux voir sa frimousse.

— Cinquante dollars ? me suis-je écrié. Vous avez la trouille, ma parole ? »

Il a secoué la tête. Mais il mentait : la peur se lisait dans ses yeux. Je m'en tirais à bon compte.

« Non, j'ai pas peur. Des petites rentrées régulières, ça me convient. Au début, j'irai pas trop fort pour pas éveiller les soupçons. » Il s'est interrompu, un rictus aux lèvres. « Dimanche, n'oubliez pas d'amener la fille. J'aimerais bien la reluquer de près. »

Il avait exigé de l'argent. Dès qu'il l'empocherait, il serait impliqué dans l'affaire. Que ce soit cinquante dollars ou cinq mille, c'était la même chose. Il le savait aussi bien que moi et c'est pour ça qu'il avait peur. Mais cette fois il n'en a rien laissé paraître.

Je lui ai tendu un billet qu'il a rangé sous son poncho en crachant.

« J'vous aurai à l'œil. À la moindre incartade, je saurai ce qu'il me reste à faire. Et ne vous avisez pas de venir sans la fille. Compris ?

— Vous avez vraiment les jetons ! l'ai-je nargué. Pourquoi ne pas ramasser le magot d'un seul coup et déguerpir ? »

Il a reniflé en collant son visage contre le mien. Il sentait le tabac froid à plein nez ; ses yeux brillaient.

« Permettez-moi de vous dire que pour ce qui est d'avoir la trouille, vous êtes plutôt mal placé pour parler ! »

J'ai fait volte-face et me suis éloigné avant d'être tenté de le frapper à nouveau. À quoi bon !

« N'oubliez pas d'amener la poule dimanche soir. »

J'ai hâté le pas. Il avait cessé de pleuvoir.

Mon Dieu, elle voulait tuer Verne. J'ai mesuré tout à coup l'incroyable réalité. J'en avais déjà tellement vu depuis que j'étais ici que je ne m'étonnais même plus.

J'ai jeté un coup d'œil par-dessus mon épaule. Il s'était planté au milieu de la route pour me regarder partir.

« Bonne nuit, m'sieur, a-t-il crié, et merci pour le whisky. »

Cinquante dollars. Cinquante malheureux dollars pour acheter son silence. Mais je n'en voulais pas, de son silence !

Plus je me rapprochais de la maison, plus je pensais à elle. Tout de suite en arrivant, j'ai cherché quelque chose à boire. C'était pire lorsque l'effet de l'alcool s'atténuait.

Dans la cuisine, je n'ai pas tardé à trouver une bouteille que j'ai descendue comme un verre d'eau. On n'entendait pas un bruit dans le salon. Tandis que je buvais, elle continuait à me hanter ; chaque gorgée ne faisait qu'attiser mon désir.

J'ai étalé l'imperméable trempé sur le bar et me suis séché les cheveux avec un torchon. Je n'avais plus de doute sur mon état d'ébriété. Pourtant la panique ne m'avait pas quitté et je ne parvenais pas à chasser Petra de mon esprit. C'était comme un fer rouge. En fait, j'étais coincé entre deux blocs de fer rouge qui me collaient à la peau et le pire, c'est que je trouvais ça agréable. Il n'était même pas question d'amour. S'il y avait eu de l'amour entre nous, comme entre Madge et moi, ça se serait passé différemment. J'aurais peut-être été jusqu'à tuer pour elle. Non. Pas ça. De toute façon, on n'en serait jamais arrivés là. Les choses auraient été plus simples. On aurait été trouver Verne et on lui aurait avoué la vérité. Il aurait eu de la peine mais il aurait été bien obligé de comprendre que c'était plus fort que nous.

Mais ce n'était pas de l'amour, ni même du désir. C'était tout autre chose. J'étais perdu, sans défense, incapable de réagir... Elle voulait tuer Verne... Et j'étais là, sous son toit, à me saouler dans la cuisine en rêvant de sa femme que je désirais éperdument tout en sachant qu'elle avait tué sa belle-mère de ses propres mains.

Le salon était désert. J'ai éteint la lumière et suis monté dans ma chambre à tâtons. Au point où j'en étais, je ne voyais même plus l'intérêt de prendre des précautions. En définitive, j'espérais qu'il nous surprendrait. Pour qu'on en finisse une bonne fois pour toutes.

Je suis allé directement dans sa chambre ; elle m'attendait.

« Il dort, a-t-elle chuchoté. Il ne faut pas qu'on fasse trop de bruit. »

Nous sommes restés dans l'obscurité ; elle a refermé la porte de sa chambre. Ses pieds nus glissaient comme des caresses sur l'épaisse moquette.

« J'ai payé notre maître chanteur », lui ai-je annoncé avec amertume. Ma salive aussi avait quelque chose d'amer.

« J'en étais sûre, a-t-elle dit quand je lui ai eu révélé le prix du silence. Mais je pensais quand même qu'il nous coûterait un peu plus cher. » Elle s'est rapprochée de moi et son parfum m'a étourdi comme une gifle.

« Ça viendra.

— Et après ! Bon Dieu, tu pues le whisky.

— Ça te gêne ?

— Non. »

Il faisait très sombre dans la chambre. Dommage pour Emmetts...

Il était près de quatre heures du matin lorsque je me suis levé pour regagner ma chambre. Je me suis rhabillé, Dieu sait pourquoi ! Petra m'a supplié de rester jusqu'à l'aube mais les effets du whisky étant passés, je n'en avais pas la moindre envie. Elle n'était donc jamais rassasiée ?

« Reste avec moi, Alex. Reste. Verne dort à poings fermés. Il n'en saura rien. » Elle était étendue de tout son long sur le lit, ses cheveux noirs éparpillés sur l'oreiller.

Sans le whisky pour m'aider à faire face, c'était intenable. Nous venions de passer quelques heures dans un paradis illusoire, diabolique. Je me noyais dans le plaisir, pour oublier. Mais la réalité, après, était d'autant plus cruelle.

Nous avions à peine échangé deux mots ; je n'avais rien à lui dire. Lorsqu'elle avait fait allusion au malaise de Verne, je lui avais dit de la boucler. Elle avait gloussé de rire.

J'ai quitté la chambre sans lui répondre.

Le couloir était plongé dans l'obscurité. Pas un bruit dans la maison. Je suis allé sur la pointe des pieds jusqu'à ma chambre, dont j'ai ouvert discrètement la porte. Le clair de lune auréolait les ombres d'une lumière douce.

« Salut, Alex ! »

Assis sur mon lit, Verne m'attendait.

Chapitre vingt

En un instant j'ai perdu tout empire sur moi-même. Je me suis mis à trembler comme un fou. Incapable de me contrôler je restais là à claquer des dents, sans proférer une parole. J'ignore encore par quel miracle je suis parvenu à fermer la porte. Et puis brusquement, je me suis détendu. Verne était au courant et c'était très bien ainsi. J'avais envie de rire de soulagement.

« Tu as fait une sacrée balade. » Il était en pyjama, assis sur mon lit. « Remarque, je te comprends. À ta place, j'en aurais fait autant. Ces derniers jours ont dû être plutôt pénibles pour toi. Je viens juste de me réveiller et je suis venu voir si tu étais encore debout. J'avais envie de parler. »

Il n'avait rien compris, ne se doutait de rien. Sa voix ne contenait pas la moindre trace de méfiance.

« J'ai apporté une bouteille, a-t-il déclaré. On va boire un peu ensemble, d'accord ?

— D'accord. »

Alors, les mensonges ont commencé à sortir d'eux-mêmes. Sans difficulté. Je parlais calmement malgré mon agitation. « J'étais au salon, ai-je affirmé effrontément. Dans le noir. J'ai éteint la lumière tout à l'heure quand je suis rentré. Je n'avais pas sommeil.

— Je comprends. Moi non plus. Tu parles de vacances, mon pauvre ! »

Je suis entré dans la salle de bains, j'ai refermé la porte et allumé la lumière. Mon reflet dans le miroir. On aurait dit que quelqu'un m'avait passé au hachoir avant d'essayer sans conviction de me refaire le portrait. Je me suis lavé les mains à la hâte puis suis retourné dans la chambre.

« Tu as tout de même l'air un peu fatigué, a observé Verne quand j'ai allumé.

— Oui.

— Buvons juste un verre ou deux. Ensuite, je te laisserai te reposer.

— Je t'assure, je n'ai pas sommeil. »

Il m'a tendu la bouteille. Toujours du cognac. J'ai avalé une gorgée comme si c'était de l'eau, tout en me disant que j'aurais bien pris quelque chose de plus fort.

« Je suis inquiet à propos de Petra », m'a dit Verne.

Je lui ai jeté un regard en biais. Il avait l'air accablé.

« Elle file un mauvais coton, Alex.

— Je n'ai rien remarqué.

— Bien sûr, c'est normal. Comment veux-tu ? Tu ne la connais pas. Mais je t'assure qu'elle ne va pas bien.

— Qu'est-ce qu'elle a, à ton avis ? »

C'était si simple. Rien de plus facile. Il suffisait d'entretenir la conversation en écoutant seulement d'une oreille, sans vraiment prêter attention à ce qui se disait. En donnant les réponses qui s'imposaient, par pur automatisme. Comme ça, il n'y avait même pas besoin de réfléchir. Et pendant tout ce temps-là je l'imaginais, elle, sur son lit, dans sa chambre à l'autre bout du couloir. Sans qu'il se doute de quoi que ce soit, sans qu'il sache combien j'étais tourmenté tandis que je lui débitais mensonge sur mensonge. Je me sentais comme un de ces automates qui récitent leur leçon dès qu'on appuie sur le bouton.

« Elle n'est pas heureuse, Alex. Elle s'ennuie à mourir ici, je le vois bien. Bien sûr, il y avait Mère... mais... rien que le fait qu'elle décide de s'occuper seule de la maison. Ça ne lui ressemble pas du tout, je t'assure. D'une part, c'est grand ici, et puis, ça n'a jamais tellement eu l'air de l'intéresser auparavant. Je ne sais pas ce qui lui prend. Du jour au lendemain, elle renvoie tout le monde et se met à cuisiner elle-même...

— Moi je trouve ça très bien.

— Oui. Seulement tu ne la connais pas comme je la connais.

— Tu as peut-être raison.

— Congédier Jenny comme ça, sur un coup de tête, ainsi que la cuisinière. La cuisinière passe encore. Mais Jenny, c'est une chic fille. »

Je comprenais très bien ce qu'il voulait dire. Et je me demandais combien de temps encore je pourrais jouer cette comédie. Même avec l'aide de la bouteille.

Il n'était pas question de pouvoir me défiler. J'étais pris au piège. Impossible de me libérer, à moins qu'une force extérieure n'intervienne en ma faveur. Seigneur ! et dire que cette ravissante putain n'avait même pas assez de jugeote pour se rendre compte qu'elle faisait fausse route et qu'un jour ou l'autre il lui faudrait payer très cher ses folies. À part « Couche-toi là, je t'aime, récupérons l'argent, débarrassons-nous des importuns », elle n'avait rien d'autre dans la tête. Et son pauvre mari qui s'inquiétait de savoir si elle n'avait pas des problèmes... J'ai englouti une bonne rasade de cognac. Dieu merci ! Il me restait au moins la bouteille.

« Je l'ai rencontrée dans un bar, a poursuivi Verne. Elle jouait du piano. Sais-tu comment elle s'appelait alors ? Jones. Pet Jones. Elle jouait vraiment très bien. »

Jones. J'ai tressailli. Petra Jones.

« Et puis elle était tellement belle, Alex.

— Je te crois.

— On s'est mariés et j'ai acheté cette maison. On était tellement heureux. Au début en tout cas. Jusqu'à ce que Mère… Si j'avais su… » Il s'est interrompu. « Passe-moi la bouteille. »

Il a bu une longue rasade. « Je retourne me coucher, m'a-t-il alors annoncé. Bonne nuit. »

Je l'ai suivi des yeux tandis qu'il posait au passage la bouteille sur le bureau. Il avait désespérément cherché à me dire quelque chose mais il n'avait pas pu. Peut-être parce qu'il s'agissait d'une réalité qu'il ne voulait pas s'avouer à lui-même, à laquelle il refusait de croire. Qu'il était simplement incapable d'exprimer. Oui, c'était sans doute ça.

Je me suis déshabillé et me suis couché avec la bouteille. À cinq heures du matin, totalement imbibé d'alcool, je n'avais toujours pas trouvé le sommeil.

Je suis resté dans le même état d'ébriété toute la journée du lendemain. Dès que je sentais que je me dégrisais un peu, je descendais deux ou trois verres cul sec. Je n'étais pas ivre au point de tituber. Non. Mais suffisamment pour ne plus penser et rester d'humeur insouciante et légère.

Je n'ai cessé de me répéter que c'était de la faute de Verne si Petra avait craqué, parce qu'il l'avait gardée cloîtrée trop longtemps, seule avec la vieille. Pourtant, je n'arrivais pas à m'en convaincre.

Vers midi, Verne est sorti pour aller voir la tombe de sa mère. La pierre tombale devait être livrée dans quelques jours, m'avait-il dit. Petra faisait la vaisselle du déjeuner. Elle cuisinait bien. Elle était presque aussi douée aux fourneaux qu'au lit.

J'en ai profité pour monter dans sa chambre et fouiller dans les tiroirs de sa commode, puis de sa coiffeuse. Je n'avais rien trouvé jusque-là. Ce n'était pas surprenant avec elle. Pourtant, dans le tiroir du haut de la coiffeuse, à droite, j'ai fini par mettre la main sur un .32 Savage automatique. Petit mais redoutable. Je l'ai examiné, le cœur battant. Il contenait plusieurs cartouches. Des tas de gens ont une arme chez eux.

« Ça ne m'étonne pas de toi, s'est-elle exclamée depuis la porte. Surtout avec ce que tu as bu. »

J'ai laissé tomber le pistolet dans le tiroir que j'ai refermé prestement. « Qu'est-ce que tu comptes faire avec ça ?

— À ton avis ?

— Oh, et puis après tout, qu'est-ce que ça peut faire ?

— Je suis bien d'accord avec toi. »

Elle s'était rapprochée. Mon regard a erré du ruban noir qui retenait ses cheveux au tablier blanc qu'elle portait sur sa robe noire. Ses yeux avaient quelque chose de limpide. N'importe qui, ne la connaissant pas, se serait laissé abuser par ce sourire.

« Nous n'avons pas le temps, a-t-elle dit. Il risque de revenir.

— Je ne pensais pas vraiment à ça.

— Menteur !

— Imagine que je déguerpisse et que je te laisse en plan avec tout sur les bras ?

— Tu n'oserais pas. Mais je te jure que si tu tentes quoi que ce soit, j'irai trouver Verne et je lui dirai que c'est toi qui as tué sa mère et que tu couches avec moi. Je lui raconterai tout, tu m'entends ? Je ne plaisante pas, Alex. »

Nous nous sommes dévisagés. Elle était on ne peut plus sérieuse.

« Il me croira, Alex. Tu es peut-être son ami, mais c'est moi qu'il croira. Pour la bonne raison que je ne lui ai jamais rien dit de mes véritables sentiments. » Un sourire s'est lentement dessiné sur ses lèvres ; ses yeux brillaient. « Je me suis contentée de le détruire, à petit feu. »

Évidemment qu'il la croirait.

« Il m'a enfermée ici, je te dis. Avec cette satanée... Je veux son fric. Il n'a plus rien à en faire. C'est un homme fini. À nous de prendre la relève. Alex, à nous, tu m'entends ?

— Oui. À nous. »

J'ai voulu l'écarter pour passer mais elle m'attirait comme un aimant. Un de ces énormes électroaimants qui servent à hisser la ferraille dans les décharges.

Elle s'est serrée contre moi en gémissant. Mais il fallait nous arracher des bras l'un de l'autre car il risquait de revenir n'importe quand.

Je suis enfin parvenu à m'échapper. Arrivé en bas, je me suis mis en quête d'une bouteille.

Le lendemain, on a livré la pierre tombale. Et pendant tout le temps que Verne a passé sur la butte avec les hommes chargés de la poser, Petra et moi, on était sur le divan du salon.

Les jours se sont écoulés ainsi. Mercredi, jeudi, vendredi, jusqu'au samedi. Je buvais sans relâche. Verne s'inquiétait pour moi. Ce en quoi il n'avait pas tort.

Toutefois, il commençait à avoir des doutes. J'en étais sûr ; je m'en étais rendu compte à la façon dont il me regardait. Il soupçonnait quelque chose. Mais je ne voulais pas y penser.

Je m'enfermais dans ma chambre ; des heures durant, j'arpentais la pièce ou bien j'écrivais des lettres à Madge que je déchirais ensuite. J'étais totalement prisonnier de Petra. Elle était partout. Je vivais la folie d'un enfer dont je ne pouvais m'évader, pas même en me noyant dans l'alcool. Et Verne qui continuait à hanter ce cauchemar, souriant, affable, en répétant toujours la même chose :

« Encore deux ou trois jours et je serai en pleine forme. Reste un peu, Alex. On ira se promener. Il y a tant de choses à faire. Je t'assure, je suis presque remis. »

Le samedi soir, à six heures, je me suis levé de table en annonçant que j'allais faire un tour. Ni l'un ni l'autre ne parurent faire attention. Ce n'était pas la première fois que j'allais errer seul sur la route ou dans le verger. Cette fois encore, j'ai emporté une bouteille de whisky et enfilé l'imperméable de Verne. J'ai pris la direction d'Allayne. Il ne me restait qu'une seule issue. L'antidote. Chasser une femme de mon esprit par une autre. Si seulement j'y arrivais, si je restais suffisamment saoul pour ne pas rebrousser chemin avant d'atteindre la ville...

Il y avait beaucoup de vent ce soir-là. Un ciel noir, sans lune, mais pailleté d'un million d'étoiles scintillantes.

L'enfer était au bout du parcours, pas de doute. Seulement, je croyais en avoir déjà fait la terrible expérience. Et je n'avais encore rien vu.

Chapitre vingt et un

Samedi soir à Allayne. L'heure des réjouissances. Tous les environs convergeaient vers la ville. Tous les citadins étaient dehors. La grand-rue était encombrée de voitures et de camions garés en diagonale par rapport au trottoir, ailes contre ailes. La circulation se déroulait dans la pagaille la plus totale. Les trottoirs étaient remplis de monde. On marchait bras dessus bras dessous. Une petite brise fraîche soulevait des nuages de poussière qui picotait les yeux. Les bars résonnaient des beuglements des juke-box, de rires gras, du tintement des verres. C'était partout la même chanson :

« C't Lawrence, là-bas dans French Street. Il est allé se creuser un trou dans la terre pour y enterrer sa vieille mère.

— C'est ce qu'on dit. Faut espérer qu'elle avait trépassé avant.

— Trépassé ? Pour sûr ! Tu sais quoi ? Je m'demande si elle se serait pas suicidée. P't-être bien qu'elle est devenue folle et que c'est pour ça qu'elle s'est jetée par la fenêtre.

— Lui, je l'ai vu dans la rue l'aut'jour. Il avait l'air complètement sonné. Comme qui dirait en transe.

— J'suis sûr que tu s'rais pas clair non plus si t'avais une femme pareille.

— Sacrée pépée, hein !

— R'donne-nous une bière, Charlie. Dis donc, je donnerais cher pour qu'elle me mette en transe, moi aussi.

— Ça prendrait sûrement pas longtemps. Mais t'es pas assez mignon.

— Y a un type qui vit chez eux en ce moment. Emmetts m'a dit qu'il l'avait rencontré à l'enterrement. Paraît qu'il a toujours une bouteille dans la poche.

— Tu ne crois tout de même pas qu'il se la... »

Dans les trois bars où je me suis arrêté pour boire une bière, c'était la même rengaine. Le nom de Verne Lawrence était sur toutes les lèvres. Quant à celui de Petra, ils s'en gargarisaient sans vergogne. Ils avaient sans doute été plus d'un à brailler la vérité sans le savoir.

Au cours des derniers jours, j'avais réussi à me maintenir dans un brouillard salutaire, sans faire d'excès pour autant. Jusque-là, j'avais très bien supporté la chose en mangeant régulièrement et en maîtrisant ma consommation d'alcool. Mais ce soir-là, je tenais à aller plus loin. Pour tout effacer. Le brouillard ne me suffisait plus. N'importe comment, chaque jour, j'étais obligé d'augmenter la dose.

Il y avait deux hôtels à Allayne. L'un d'eux était un établissement plutôt délabré, au milieu de la grand-rue, d'où l'on entendait les rumeurs houleuses qui montaient du bar. L'autre, l'hôtel Allayne, plus chic, se situait un peu à l'écart du centre de la ville, dans une allée bordée d'ormes. Je m'y suis rendu en flânant et ai trouvé sans tarder le chemin du bar. Là aussi, il y avait un juke-box, mais il n'était pas aussi bruyant que les autres et les disques qu'on y passait donnaient plutôt dans le sirupeux. L'endroit, calme, rustique, était manifestement fréquenté par une partie de l'élite locale. Cocktails et whiskies-sodas remplaçaient la bière et le vin. Hommes et femmes étaient vêtus différemment, coiffés avec plus de soin. Ils parlaient probablement des mêmes choses qu'ailleurs. Ils buvaient en tout cas autant que les autres – si ce n'est plus.

J'ai commandé une bière au bar. Dans une pièce mansardée, un peu en retrait, des couples bavardaient à leur table.

Je l'ai fixée pendant une bonne minute avant de la reconnaître. Jenny. Elle ne m'avait pas vu. L'homme qui l'accompagnait arborait une cravate voyante, peinte à la main ; il avait de larges épaules et un menton fuyant.

Je me suis prestement détourné et suis sorti du bar par la porte de service qui donnait sur le parking. Là, j'ai extirpé ma bouteille de whisky de ma poche et je me suis mis à boire autant qu'il m'était possible sans haut-le-cœur. Ensuite, j'ai rempoché la bouteille et suis retourné à l'intérieur. L'alcool faisait merveilleusement son effet. J'ai demandé un verre d'eau au comptoir avant de m'approcher de la table de Jenny. J'ignorais si ça allait marcher, mais j'étais déterminé à tenter ma chance. J'estimais ne rien avoir à me reprocher, en l'occurrence, parce que le type qui était avec elle n'avait pas l'air d'être son genre. Et puis, le whisky me donnait des ailes.

Je me suis avancé vers eux dans le dos de l'homme et j'ai fait un clin d'œil à Jenny.

« Miss Carson, il s'est passé quelque chose et... » Regardant l'homme, j'ai ajouté : « Non, je vous en prie, ne vous levez pas... » En réalité, il n'avait pas bougé. « ... Il faut absolument que vous veniez. Tout de suite. »

La jeune femme a froncé les sourcils, l'air étonné. Elle était mignonne à croquer dans sa robe grise serrée à la taille par une large chaîne en argent. Ses cheveux roux étincelaient dans la lumière tamisée.

« Que voulez-vous dire ? a-t-elle demandé.

— Écoutez, il est arrivé quelque chose... de très important. Je suis navré mais...

— Enfin, est intervenu l'homme, qu'est-ce que c'est que cette histoire ?

— Rien de grave, rassurez-vous. Seulement il faut que miss Carson m'accompagne. »

Jenny nous a dévisagés tour à tour. Elle avait l'air complètement désemparée. Elle a ouvert la bouche pour dire quelque chose ; je lui ai adressé un vague signe de tête. Elle a alors commencé à jouer le jeu. « À la maison, vous voulez dire ? »

J'ai acquiescé. « Il faut que nous y allions sur-le-champ. Il n'y a pas une minute à perdre. »

La pièce tournait un peu autour de moi.

« Mais enfin, Jenny ! » s'est écrié l'homme.

Du coup, le peu de menton qu'il avait a disparu totalement.

« Je suis vraiment désolée, Tom. Je ne pouvais pas prévoir. »

Son manteau, aussi gris et léger que sa robe, était posé sur le dossier de sa chaise. Je l'ai pris et le lui ai tendu. Le type me fixait intensément ; je lui ai rendu son regard en hochant la tête. Il s'est levé, imité par Jenny. J'ai jeté le manteau sur ses épaules et pris son bras.

« Je sais bien que ce n'est pas drôle, lui ai-je dit, mais il vaut mieux qu'on se dépêche, vous vous en doutez.

— Mais, Jenny, écoute, a repris l'homme, explique-moi au moins ce qui se passe.

— Vous nous faites perdre du temps », ai-je répliqué en entraînant Jenny vers la porte.

Le type a fait trois pas vers nous. « Est-ce que tu vas revenir, Jenny ?

— Je ne sais pas, Tom. Je ferai mon possible. Je suis absolument navrée. Tu peux boire mon cocktail. Je n'y ai pas touché. »

Perplexe, il a regardé le verre de Jenny. On en a profité pour s'échapper par la porte donnant sur le hall de l'hôtel. L'instant d'après, on était dans la rue. J'ai jeté un coup d'œil par-dessus mon épaule, à travers la grande baie vitrée, pour m'apercevoir que le type traversait à son tour le hall d'un pas décidé.

« Bon maintenant, dites-moi, qu'y a-t-il donc de si important ? m'a demandé Jenny.

— Moi, ai-je répondu. Moi. »

Deux minutes plus tard, nous débouchions dans la grand-rue. Il y avait une station de taxis non loin de là.

Quand je me suis retourné une dernière fois vers l'hôtel, Tom faisait les cent pas devant la porte en allumant une cigarette.

« Vous êtes ivre », a remarqué Jenny. J'ai acquiescé. « Pourquoi avoir interrompu ma soirée ?

— Vous aviez l'air malheureuse.

— Ce n'était pas très gentil de votre part, Alex.

— Vous ne vous êtes pas fait prier pour me suivre.

— C'est que…

— Bon. Bref. En tout cas, je ne vous ai pas privée de grand-chose, que je sache.

— Non.

— Parfait. Que diriez-vous d'une petite promenade ? La nuit est belle et ça nous ferait du bien de marcher. »

Elle a soupiré, les yeux fixés sur le crâne du chauffeur de taxi dont la nuque épaisse débordait d'un col de chemise crasseux. « D'accord, a-t-elle dit. Allons nous promener. Que vous arrive-t-il ? Vous avez un problème ?

— Pas un. Des centaines.

— Je n'aurais jamais pensé que vous buviez.

— Je ne bois pas. »

Nous atteignions le bout de la grand-rue et il y avait déjà moins de circulation.

« On va descendre ici. Qu'en pensez-vous ? Est-ce que vous aimez le martini, même tiède ?

— Je n'en ai jamais bu… tiède.

— Je vais tâcher d'en acheter une bouteille dans un bar, ainsi que des gobelets. Ça sera moins bon que dans un verre et je ne trouverai sûrement pas d'olives, mais ça sera toujours ça. »

Elle m'a observé attentivement, puis m'a souri. « Parfait. »

En payant la course, j'ai fourgué au chauffeur ce qu'il restait de whisky. Il m'a expliqué qu'il ne buvait pas, ce à quoi j'ai répondu qu'il avait tort.

Après nous être approvisionnés dans un bar, nous avons pris une petite rue transversale. Je me sentais plutôt bien. Je n'avais pas oublié Petra, la maison, le meurtre ni que j'étais fait comme un rat, mais pour le moment, ça m'était bien égal. Je me doutais qu'une fois l'euphorie passée, je replongerais tout droit dans ce marasme, mais en attendant, ça allait plutôt bien.

« Où va-t-on ? » me suis-je enquis.

Elle a hésité. « Laissez-moi porter les gobelets. Voyons, nous pourrions descendre jusqu'au bout de la rue et traverser le parc jusqu'au lac. Qu'en pensez-vous ? Il risque de faire un peu frais mais le lac est si beau la nuit.

— Va pour le lac. »

Nous nous sommes arrêtés dans un coin sombre. Je l'ai attirée contre moi et elle a levé vers moi un regard limpide et doux comme une brise estivale. Ses lèvres, tièdes et charnues, m'ont rendu mon baiser, un court instant, puis j'ai senti qu'elle se raidissait.

Nous avons repris notre marche.

« Jenny m'a embrassé, ai-je déclaré, solennel.

— Oui. »

Puis nous nous sommes enfoncés dans la pénombre du parc avant de ressurgir sur la rive du lac. Elle avait raison. Quelle vue magnifique que ce miroir d'eau à peine troublé par d'infimes remous sous ce ciel criblé d'étoiles, sur lequel se profilait la forme arrondie des collines. L'eau était très froide ; j'ai calé la bouteille entre deux galets et nous nous sommes assis sur un banc non loin de là.

Une odeur d'automne, pure, fraîche, de pins, se mêlait aux senteurs du lac. Nous nous étions serrés l'un contre l'autre parce que le vent n'était pas chaud.

« On aurait pu aller chez vous, ai-je remarqué.

— Oui, c'est vrai.

— Mais c'est plus romantique ici », ai-je ajouté en lui prenant la main.

Au moment où je m'apprêtais à passer mon bras autour d'elle, je me suis souvenu de la bouteille.

« Prenons un verre. Le martini doit déjà être plus frais. »

Elle a souri, un peu gênée. Son regard brillait. Force m'était de reconnaître que je devais être passablement saoul parce que ses yeux me faisaient penser aux étoiles. Il était temps que je boive quelque chose. Elle me rappelait un peu Madge aussi.

« C'est moi qui ai les gobelets », m'a-t-elle lancé.

L'espace d'un instant, j'ai cru que j'avais perdu la bouteille, mais je n'ai pas tardé à la récupérer. Elle était toute fraîche. L'eau était tellement froide que j'en avais mal à la main. Je me suis souvenu du jour où Petra était allée nager. Ça ne l'avait certainement pas refroidie, elle.

« C'est pas mauvais », a dit Jenny. Mais elle mentait. « Au bout de deux ou trois gorgées, ça passe bien. »

J'ai ajouté qu'il fallait boire vite.

« Pourquoi ? s'est-elle étonnée.

— L'alcool ramollit le fond du gobelet. Regardez !

— Oh ! »

Elle m'a observé un long moment en penchant la tête. « C'est un drôle de stratagème pour enivrer les jeunes filles, non ?

— C'est vrai. » J'ai cogné mon gobelet contre le sien. « Cul sec ! » me suis-je exclamé. Puis j'ai de nouveau rempli les verres.

« Qu'est-ce qui vous tracasse, Alex ? Dites-moi ce qui ne va pas ?

— Ce n'est rien, l'ai-je assurée. Embrassez-moi.

— Non.

— Pourquoi ? Nous nous connaissons suffisamment, Jenny.

— C'est vrai, je vous connais bien, Alex. Peut-être mieux encore que vous ne le pensez.

— Alors, embrassez-moi.

— Vous y tenez vraiment ?

— L'autre ne compte pas. »

Elle s'est rapprochée de moi et j'ai senti la chaleur de son corps contre le mien, en dépit de nos manteaux. Sans doute n'était-ce pas seulement la chaleur de son corps. Je n'ai cessé de penser à Madge, et Petra et elle se sont confondues dans mon esprit quand nos lèvres se sont rencontrées.

« S'il vous plaît », a-t-elle murmuré en s'écartant et en me tendant son gobelet.

J'ai versé une nouvelle dose de martini dans nos verres. Elle a englouti le sien à toute vitesse.

« Le fond est en train de se détacher, a-t-elle dit.

— Il commence à faire plus frais », ai-je remarqué en lui tendant un autre gobelet.

Non loin du banc, il y avait un vaste massif d'arbustes, et à quelques mètres de là, un large tronc d'arbre au milieu d'un carré de gazon épais et bien tondu.

« Attendez-moi », ai-je fait en me levant tout en retirant mon manteau pour aller l'étendre sur l'herbe au pied de l'arbre, à l'abri des taillis.

Elle est restée assise sur le banc, les yeux rivés sur le gazon. Le parc était toujours aussi silencieux, mais le vent s'était levé. « Alex, m'a-t-elle appelé.

— Venez me rejoindre. Nous pouvons nous asseoir sur mon manteau. Il fait meilleur ici et ce sera plus confortable », ai-je ajouté en posant la bouteille et les gobelets sur la pelouse.

Elle était toujours sur le banc. Je suis retourné auprès d'elle et lui ai pris les mains. Elle s'est levée sans me quitter des yeux, le visage fermé.

« Je vous en prie, venez.

— Très bien. »

Nous nous sommes assis sur le manteau et pendant un long moment, nous sommes demeurés silencieux, un peu à l'écart l'un de l'autre. Les fourrés nous coupaient effectivement du vent et il faisait bon. De toute façon, j'étais tellement ivre que j'avais presque trop chaud.

De temps à autre, je pensais à Petra et, chaque fois, c'était comme si on me jetait un sac noir sur la tête. Pour un peu, je me serais mis à hurler. Parce qu'il n'y avait pas d'issue. Et quand je me disais : Demain, c'est dimanche, jour où on doit retrouver Emmetts près de la route, j'avais envie de disparaître sous terre. Ça arrive quelquefois, quand on ne sait vraiment plus quoi faire. Que personne ne peut plus rien pour vous. Qu'on n'a même plus la force de réagir. En fait, on se contente souvent de reprendre encore un verre.

J'ai levé les yeux vers Jenny. Un moment, j'ai cru qu'elle était sur le point de pleurer. Le remords m'a saisi. Puis j'ai vu que je m'étais trompé et le remords a laissé la place au soulagement.

Je me suis mis à l'embrasser. Nous étions étendus sur le manteau.

« Je me sens un peu nerveuse, je sais bien, c'est idiot. Alex, non... a-t-elle ajouté tandis que ma main descendait le long de sa hanche, sous son vêtement, puis errait sur sa cuisse.

— Pourquoi ne retirez-vous pas votre manteau ? On pourrait le mettre sur nous. »

Elle s'est exécutée en silence. Je l'ai aidée à l'étendre. Couchés sur le côté, nous nous serrions l'un contre l'autre.

« Alex. Il ne faut pas.

— Pourquoi ? »

Elle n'a rien répondu. Mais je sentais qu'elle avait raison et quelque chose en moi me disait qu'il valait mieux en rester là. Elle a enfoui son visage contre mon épaule. J'ai promené ma main le long de sa jambe jusqu'au creux du genou. Brusquement, elle s'est légèrement écartée de moi et a déboutonné le haut de sa robe.

« Vous n'êtes même pas amoureux de moi, a-t-elle soufflé. Ça n'a rien à voir. » J'étais incapable de répondre. « Le manteau ne nous cache pas très bien, a-t-elle ajouté rapidement.

— Il y a un moyen d'arranger ça.

— Oui, Alex, seulement... »

Elle s'est interrompue et l'étreinte de ses bras s'est resserrée autour de mon cou.

« Seulement quoi ?

— Seulement dépêchez-vous ! »

Je l'ai pressée très fort contre moi et ç'a été sans doute une des choses les plus difficiles que j'ai eu à dire de ma vie, lorsque je lui ai murmuré à l'oreille : « Je suis désolé, Jenny. Je crois que nous avons fait une erreur. » Puis je l'ai embrassée doucement et me suis levé. Elle est restée étendue sans bouger, très pâle.

Elle était allée s'asseoir sur un gros rocher au bord du lac et depuis un long moment déjà, elle contemplait les reflets ondoyants des étoiles dans l'eau noire. Je m'étais trompé. Je ne désirais personne d'autre que Petra, pas plus que je ne le souhaitais d'ailleurs.

Je me suis approché de Jenny. J'étais toujours aussi ivre, mais je ne voulais plus boire pour l'instant parce que j'avais terriblement honte de moi.

« Ce n'est pas grave, a-t-elle dit. Je comprends. Vous n'étiez pas vraiment attiré par moi. J'imagine que je devrais vous maudire et vous envoyer promener. Mais enfin, ce n'est vraiment pas grave. Vous n'y pouvez rien. Il n'y a qu'elle qui compte pour vous. Je m'en remettrai. » Elle a tourné son regard vers moi et m'a souri. Je suis resté muet. « Parlez-moi de ce qui vous arrive, Alex. Vous pouvez me faire confiance. »

J'ai alors essayé de lui expliquer ce que je ressentais, en évitant de faire allusion au meurtre. Il n'était pas question de mentionner la chose mais je savais qu'elle me comprenait à demi-mot. Et puis, soudain, j'ai éclaté : « Je n'arrive pas à partir, voilà ! me suis-je écrié d'une voix forte.

— Et Madge, dans tout ça ?

— Oh, Seigneur !

— Je suis contente que vous l'ayez, sincèrement.

— Si seulement je pouvais la voir, passer ne serait-ce qu'un moment avec elle, je suis sûr que ça m'aiderait. Je n'arrive plus à y voir clair.

— Alex, vous tremblez comme une feuille.

— Je n'y peux rien. » J'aurais voulu pouvoir lui dire qu'en réalité j'étais mort de trouille. Mais quelquefois, on ne peut pas dire ces choses-là.

Tout à coup, j'en ai eu assez. Je n'avais plus qu'une envie : quitter ce parc, m'éloigner de Jenny. Je savais bien que c'était le dégrisement, mais le fait d'en être conscient n'arrangeait rien. Il fallait à tout prix que je rentre. J'avais envie de voir Petra. D'ailleurs, elle devait se demander où j'étais.

« Alex, j'ai peur. Vous avez l'air tellement bizarre. »

J'ai effleuré son épaule.

« Cette Madge, vous l'aimez sincèrement ? a-t-elle poursuivi. Quel est son nom de famille ?

— Collins.

— Oui, vous l'aimez, mais vous avez Petra dans la peau.

— Oui.

— Seulement ça ne s'arrête pas là, il y a des choses que vous ne me dites pas.

— C'est vrai. Venez, Jenny. Partons. » Je l'ai raccompagnée jusque chez elle. Au pas de course. « Il faut que je m'en aille, lui ai-je chuchoté en l'embrassant.

— Je sais. Ne vous inquiétez pas pour ce soir. Cela n'a aucune importance », m'a-t-elle assuré sans sourire. Elle semblait presque aussi angoissée que moi.

J'ai pressé sa main dans les miennes. Dix minutes plus tard, un taxi me déposait devant la maison.

Je tremblais tellement que j'avais laissé tomber la moitié de la monnaie que le chauffeur m'avait rendue sur la moquette de la voiture. Il n'avait pas encore démarré que je remontais déjà l'allée en courant. Il y avait de la lumière au salon. Je suis entré par la porte de devant. Immédiatement, l'odeur de son parfum m'a saisi à la gorge. Elle m'attendait dans le vestibule.

« Il est en haut. Où étais-tu passé, Alex ?

— J'étais en ville. J'y ai battu le pavé. »

Elle s'est alors jetée dans mes bras et j'ai enfoui mon visage dans ses cheveux. « Tu n'essaierais tout de même pas de me fuir, dis-moi ?

— Non, non.

— C'est bien ce que je pensais. »

Je me suis libéré avec peine et j'ai grimpé les marches quatre à quatre. En arrivant dans ma chambre, comme je fermais la porte à clé, je l'ai entendue qui montait.

J'ai atteint les toilettes juste à temps. Tandis que mon estomac se soulageait douloureusement, j'ai vaguement perdu conscience, m'imaginant que je rejetais en même temps toutes les pensées écœurantes qui m'obsédaient depuis que j'avais mis le pied dans cette maison.

Chapitre vingt-deux

Plusieurs fois dans la nuit, elle est venue frapper à ma porte. Tout doucement, en chuchotant mon nom. Je savais qu'elle m'attendait, juste de l'autre côté du mince panneau. Je n'ai pas ouvert. Je n'ai pas répondu. Je suis resté allongé, tremblant, ruisselant de sueur, les yeux rivés sur le contour de la porte, indistinct dans l'obscurité.

« Alex, Alex, est-ce que ça va ? Alex ! »

Verne était-il donc sourd ? Et aveugle pour qu'il puisse se passer tant de choses chez lui à son insu ?

Finalement, elle a décampé.

C'était ma première victoire. Mais je n'ai pas tardé à me rendre compte que c'était là une bien piètre victoire. Parce que je n'arrêtais pas de la voir dans ma chambre, à faire les cent pas, à attendre, infiniment patiente.

Mon cœur battait la chamade. Je me suis demandé si j'étais encore capable de penser logiquement, ou même de penser tout court. Impossible de trouver le sommeil. J'étais mort de fatigue mais je n'arrivais pas à dormir.

En reconsidérant les événements de la soirée, je me suis rendu compte que consciemment ou pas, j'avais poussé Jenny à boire pour essayer de coucher avec elle, dans l'espoir futile de me faire oublier toute cette pourriture. Le contraste flagrant entre sa douceur et l'agressivité sauvage de Petra me rappelait combien j'avais dû la blesser, même si je m'étais retenu à temps.

Au lieu d'arranger les choses, cela n'a au contraire fait qu'aggraver mon accablement.

Jamais je n'aurais pu m'imaginer qu'on pouvait souffrir autant intérieurement. Les criminels doivent être des gens vraiment inconscients. À part ceux qui perdent la tête et que le désespoir pousse à se comporter de façon insensée, à tirer au hasard, comme des chiens fous.

Je ne pourrais jamais tuer personne. Je me serais pourtant fait un plaisir de liquider Petra. Pas avec un pistolet, ni même un couteau, mais à mains nues. L'étrangler, la regarder se tordre jusqu'à ce qu'elle cesse de bouger. Pour toujours.

J'étais comme enchaîné. C'était même pire que ça.

J'avais lu quelque part qu'il y avait toujours une femme de cette espèce dans la vie d'un homme. Une femme capable de meurtrir son âme, de la réduire à l'état d'une bouillie palpitante, d'un seul regard. Et le voilà pris au piège, garrotté, alors qu'il sait pertinemment qu'il ne l'aime pas. Que le désir, la convoitise seuls le pousseront jusqu'à la folie la plus noire, vers le spectre grimaçant de la démence.

Madge. J'avais l'impression de prononcer son nom dans un au-delà glacial, inaccessible.

Ma main posée sur le drap s'est crispée. J'ai tiré d'un coup sec et le tissu s'est déchiré avec un craquement sinistre qui m'a fait sursauter.

J'ai fini par me lever et m'approcher de la fenêtre où j'ai attendu l'aube, les yeux fixés sur la silhouette menaçante de la colline aux ronces.

Partir. M'éloigner d'elle à tout prix.

À midi, j'étais dans le jardin devant la maison à regarder les nuages s'amonceler dans le ciel, à l'est. Malade. Au plein sens du mot. La matinée entière, Verne m'avait observé d'un air intrigué. J'avais évité Petra, dans la mesure du possible.

Absorbé dans mes pensées, je n'ai pas entendu les chevaux approcher jusqu'à ce qu'ils m'arrivent quasiment dessus.

« Holà ! »

C'était Emmetts. Il menait un attelage tirant une vieille carriole vide. Debout sur le plancher de la charrette, il m'a dévisagé en crachant. Sa bouche s'est tordue en une moue mauvaise. Ses épaules étaient encore plus voûtées que d'habitude sous sa veste élimée. « Belle journée ! » m'a-t-il fait.

Je n'ai pas répondu. Je me sentais cerné. Les mailles du filet semblaient se resserrer autour de moi.

« Vous trouvez pas qu'c'est une belle journée ? »

Silence.

« Alors, on veut pas causer ? En ville, en tout cas, on cause ! »

Il a jeté un rapide coup d'œil vers la maison. J'ai distingué dans son regard une expression qui n'y était pas jusque-là. Ses mains tremblotaient et tripotaient nerveusement les rênes. « V'nez », m'a-t-il calmement ordonné.

J'ai avancé d'un pas.

« Ça jacasse en ville, a-t-il repris. Et pas qu'un peu. » L'un des chevaux a tiré sur les rênes, tandis que l'autre redressait brusquement la tête. « Holà, sales bourriques ! » Les deux bêtes se sont bientôt calmées, l'oreille pointée. « Écoutez, ce soir, c'est cinq cents dollars qu'il faut m'apporter. » Sa lèvre supérieure se soulevait par intermittence.

« On dirait que vous avez peur ? ai-je dit.

— Vous avez entendu ? » a-t-il tonné, avant de me tourner le dos pour expulser un jet de salive jaunâtre. « Cinq cents dollars. Et amenez-la-moi aussi. Ne vous avisez pas d'oublier, sacrebleu ! Amenez la fille. » Sur ces mots, il a fouetté les chevaux et couru à côté de la carriole sur quelques mètres avant de sauter dedans.

Je l'ai regardé s'éloigner. Il ne s'est pas retourné. Quelque chose avait changé dans sa manière d'agir. Il avait l'air encore plus nerveux qu'à l'ordinaire. Il avait peur. Mais de quoi ?

Cinq cents dollars ? Cinq cents dollars...

« Verne est monté sur la butte. On a le temps.

— Pas question. Éloigne-toi, espèce de sorcière.

— Alex, qu'est-ce qui te prend ?

— Rien. Ne t'approche pas, c'est tout. »

Sans hésiter, elle s'est mise à déboutonner son corsage. Elle ne portait pas de soutien-gorge. Elle m'a toisé avec un air de défi. « Voilà ! s'est-t-elle exclamée. Viens ici, maintenant ! »

On a entendu claquer la porte de la cuisine.

« Oh, mon Dieu ! »

Elle s'est ruée dans l'escalier. Je l'ai suivie des yeux et une sensation bizarre m'a envahi, une sensation que je n'ai pas tout de suite identifiée.

À cet instant, Verne arrivait derrière moi. « Il m'a semblé entendre la voix de Petra.

— Non. Ça m'étonnerait. Elle est en haut.

— Ah, s'est-il étonné en s'avançant vers moi. Alex, ça n'a pas l'air d'aller. Tu en fais, une tête ! »

Il portait un pull-over gris qui avait dû lui aller autrefois mais qui pendait maintenant lamentablement, comme le reste de ses vêtements. Ses yeux mornes, enfoncés dans leurs orbites, brillaient. Il paraissait fiévreux.

« Ce n'est rien, ai-je répondu, j'ai un peu trop bu hier soir.

— Tu es allé à Allayne ?

— Oui, j'avais envie de voir un peu ce qui se passait en ville. »

Nous nous sommes observés un instant. Il a froncé les sourcils, secoué la tête.

« Alex, les choses ont changé, n'est-ce pas ? Depuis la guerre... c'est presque incroyable, tu ne trouves pas ?

— Oui.

— Alex, tu es sûr que ça va ?

— Oui, j'ai la gueule de bois, c'est tout. »

Il me dévisageait toujours, l'air franchement déconcerté. « On ne peut pas dire que tu aies été gâté pour tes vacances, mon pauvre vieux.

— Ça s'est très bien passé. Très bien, je t'assure. Je crois que je ferais mieux de boire quelque chose. Bon sang !

— Tu as raison ! »

Pivotant sur mes talons, j'ai foncé vers la cuisine. Je savais qu'il ne m'avait pas quitté des yeux. Je sentais son regard fixé sur moi.

Chapitre vingt-trois

Toute la journée, elle a essayé de me coincer.

Je suivais Verne à la trace, pour ne pas me retrouver seul avec elle. Je ne comprenais plus rien ; elle avait brusquement changé d'attitude. Elle était toujours aussi provocante, mais d'une autre manière. Verne ne disait pas un mot et passait son temps à m'observer. Je commençais à me demander si je n'étais pas en train de me trahir.

Cette situation s'est prolongée jusqu'au soir. Ce fut sans doute la pire journée de mon existence entière. En fin d'après-midi, il s'est remis à pleuvoir. Une petite bruine qui, d'heure en heure, s'intensifiait, de sorte qu'à huit heures la pluie tombait à torrents.

« Si on allait au cinéma ? » a proposé Petra.

Nous venions de nous installer au salon. Je lui ai adressé un sourire narquois. « Un autre soir. »

Je n'étais pas très sûr de ce qui était en train de se passer en moi, mais il se passait quelque chose.

Les minutes s'écoulaient au rythme des battements de la pluie. Le silence était horriblement pesant. Nous avons chacun notre tour essayé de le rompre. Autant hurler dans la jungle ou s'égosiller en plein ouragan.

À neuf heures moins dix, Verne s'est enfermé dans son bureau.

« Comment faire pour nous éclipser ? » a soufflé Petra.

J'ai remarqué les légers cernes qui entouraient ses yeux et j'ai eu envie de rire. Au moment où je me levais, elle s'est précipitée vers moi.

« N'approche pas ! » lui ai-je ordonné. J'ai scruté son visage, puis mon regard s'est attardé une fois encore sur sa chevelure de jais, ses yeux brillants, avant d'errer sur les courbes fermes de ses hanches gainées de noir, sur les rondeurs parfaites de sa poitrine.

« Alex ! »

Je suis resté muet. Pourtant je savais... je savais... « Ne bouge pas d'ici ! »

Je suis sorti par la porte de la cuisine après m'être saisi de l'imperméable de Verne au passage. Comme je me retournais vers la maison, une lumière s'est allumée dans la cuisine. Les rideaux se sont écartés et j'ai vu le visage de Petra se coller contre la vitre. Puis j'ai entendu Verne qui l'appelait : « Petra, Petra ! »

Elle a disparu de la fenêtre. J'ai pataugé jusqu'à la route le long de l'allée transformée en ruisseau. Puis j'ai forcé l'allure en direction du virage. Des rafales de pluie aveuglantes se succédaient et rebondissaient sur la chaussée en une violente éclaboussure.

J'étais déjà trempé jusqu'aux os. Dans une tempête pareille, l'imperméable ne me servait pas à grand-chose. En arrivant à proximité du lieu de rendez-vous, je me suis mis à courir. Cette fois, il m'attendait.

« Où est la fille ? » m'a-t-il demandé dès que je suis parvenu à sa hauteur.

J'ai éclaté de rire et des gouttes de pluie me sont tombées dans la bouche. « La voilà, me suis-je exclamé. Tiens, la voilà, salaud ! » J'ai feinté du gauche avant de lui envoyer un direct du droit de toutes mes forces. Il a titubé avant de s'effondrer dans les taillis.

« Alors, elle te plaît toujours autant, hein ? » ai-je hurlé, hors de moi, en plongeant sur lui dans la boue, parmi les fourrés ruisselants.

Il m'a évité en roulant sur lui-même, proférant des jurons, et m'a sauté à la gorge. Mais au moment où il s'élançait, je lui ai expédié un coup de pied en plein visage. Il y a eu un craquement sinistre et il a poussé un cri aigu. Du sang a giclé de son nez. Il s'est jeté sur moi à l'aveuglette.

« Allez, vas-y ! vas-y ! braillais-je. Les voilà, tes cinq cents dollars ! » Je l'ai saisi au collet, par le devant de son poncho, et l'ai frappé à un rythme sauvage. Cinq fois, en pleine figure, et j'ai senti ses os se briser sous mes poings. Il n'a pas tardé à perdre connaissance.

Dès qu'il a eu repris ses esprits, je l'ai aidé à se redresser. Ce n'était pas seulement son nez mais aussi les os de ma main qui étaient cassés. J'avais des élancements jusque dans l'épaule. Je n'en ai pas moins continué à le frapper avec l'énergie aveugle du désespoir.

Je l'ai enfin lâché. Il a rampé à mes pieds. Longtemps, je suis resté debout, immobile, devant lui, sous la pluie cinglante. Il s'est mis à gémir. Son visage était couvert de sang. Il a péniblement essayé de se relever, marmonnant quelques mots incompréhensibles à cause du sang qui coulait au coin de sa bouche.

J'ai serré mon poignet droit dans ma main gauche, mais la douleur persistait. Brusquement, je me suis retourné et suis parti en courant vers la maison. Un Z de lumière blanche a déchiré le rideau de pluie, suivi d'un grondement de tonnerre qui a éclaté au-dessus de moi, et le paysage s'est mis à trembler. Et pendant tout le temps que je courais ainsi, je riais, riais, comme un dément.

J'ai abandonné l'imperméable ruisselant sur la véranda et suis entré dans la maison, par-derrière, aussi silencieusement que possible. Mes chaussures trempées couinaient lamentablement mais je suis parvenu au salon sans trop faire de bruit. Il n'y avait personne. En me dirigeant vers l'escalier, j'ai aperçu Verne, dans son bureau, les bras croisés sur sa table, la tête penchée.

Je me suis hâté de monter les marches sur la pointe des pieds en gardant toujours ma main droite serrée dans la gauche. Elle était tuméfiée, énorme. Deux bouts d'os tachetés de sang faisaient saillie à travers la peau, et au moindre mouvement, la douleur devenait insupportable.

J'avais toutes les peines du monde à me retenir de rire. Des accès d'hilarité me montaient à la gorge ; je me suis à moitié étouffé à essayer de les contenir, la poitrine gonflée à bloc, agitée de soubresauts.

Petra était dans sa chambre. Je suis entré et j'ai refermé la porte derrière moi.

Elle a contourné le lit pour me rejoindre. Magnifique démon aux yeux de braise, sorti tout droit des feux de l'enfer. En pyjama blanc. Brusquement, elle s'est immobilisée, les doigts posés sur sa bouche, ses yeux écarquillés fixés sur ma main. J'ai brandi mon poing ensanglanté sous son nez et un filet écarlate a dégouliné à terre, se mêlant aux marbrures de la moquette acajou.

Ma voix s'était réduite à un murmure rauque, hystérique, même à mes propres oreilles. « C'est fait. C'est réglé, Petra. On n'en parle plus.

— Alex ! Alex ! Que s'est-il passé ? »

Je l'ai considérée en riant silencieusement, pour ne pas faire de bruit. Pas encore. Puis m'élançant vers elle, j'ai fendu l'air de ma main gauche qui s'est abattue sur le devant de sa veste de pyjama transparent, dont elle a brutalement arraché le tissu, découvrant sa poitrine.

C'était bel et bien réglé. Je pouvais la regarder à présent, m'approcher d'elle sans qu'il se passe rien. Réglé. Quelque chose s'était brisé en moi et elle n'était plus à mes yeux qu'un mirage : l'image d'une femme terrifiée. Elle s'est mise à parler frénétiquement. « Alex, qu'est-ce que tu as fait ? As-tu vu Emmetts ? L'as-tu vu ? Réponds-moi. Raconte-moi ce qui s'est passé. Tu sais que je t'aime. Qu'est-ce qui t'a pris, Alex ? Qu'est-il arrivé ? » Elle était au bord de l'hystérie.

« Boucle-la. Je voulais te reluquer une dernière fois avant d'aller trouver Verne. Pour tout lui dire.

— Alex... s'est-elle écriée en s'avançant vers moi.

— Ne fais pas un pas de plus », lui ai-je ordonné, enfin maître de moi.

Elle s'est pétrifiée, les mains tendues, les doigts tremblants. « Alex, a-t-elle répété faiblement.

— Tu l'as tuée. Un peu plus, et tu réussissais à me convaincre de t'aider à liquider ton mari. Seulement pas tout à fait, pas tout à fait.

— Alex, on pourrait... on pourrait tout avoir pour nous. Tout son argent. Même la maison. La maison est à mon nom, tu sais. Verne n'est qu'un...

— Ferme-la ! » J'ai plongé mon regard dans le sien. Elle manigançait encore quelque chose.

« Tu as assassiné sa mère, me suis-je écrié. C'est toi qui l'as tuée.

— Et alors ? Je n'ai jamais prétendu le contraire. Je la détestais. Elle m'empoisonnait la vie. Oh, Alex ! » Elle a changé brusquement de ton, devenant cajoleuse, un sourire mielleux aux lèvres. « Tu ne sais pas ce que tu dis. Comme tu dois avoir mal ! Laisse-moi voir ta main.

— Recule, salope ! »

Sa tête a commencé à s'agiter convulsivement ; une lueur violente brillait dans ses yeux. Ses seins se dressaient, fermes et provocants sous les lambeaux de sa veste de pyjama, agités par sa respiration haletante.

« Tu as bien failli m'avoir », ai-je poursuivi, tremblant de fatigue. « C'était vraiment moins une. Tu es trop belle. J'ai eu toutes les peines du monde à me libérer de toi. Mais maintenant, ça y est. Il fallait que ça arrive, tu ne le savais donc pas ? Je pensais bien que ça ne pouvait pas durer éternellement. J'ai attendu. Patiemment. J'ai vraiment cru un moment que je ne m'en sortirais jamais, mais ça y est. »

Elle m'a foudroyé du regard. « Oui, a-t-elle repris d'une voix grave. Seulement il y a une chose que tu ne sais pas, mon chéri, c'est que j'avais tout prévu. Je m'étais arrangée pour que la vieille nous surprenne. Tout ça était calculé. Les fenêtres étaient ouvertes exprès. J'étais certaine qu'elle nous suivrait ici, sinon la première fois, au moins la fois suivante. Je me suis débrouillé pour qu'elle nous espionne, et j'étais sûre qu'un jour ou l'autre elle nous prendrait sur le fait. J'avais tout organisé pour pouvoir la balancer par la fenêtre. Je voulais faire en sorte que ça ait l'air d'une bagarre. Mais ça n'a pas marché, hein ! »

Je l'ai dévisagée, incrédule. Elle était folle, complètement folle. Son coup monté avait fonctionné, mais elle allait le payer. « Je vais voir Verne », lui ai-je annoncé, et sans attendre j'ai quitté la pièce. Elle m'a suivi des yeux sans bouger, la poitrine haletante.

J'ai longé le couloir et dégringolé les marches quatre à quatre. Ma main enflée me faisait souffrir le martyre et mon sang battait dans mes tempes. J'ai cru entendre la porte d'entrée se fermer.

Verne était assis à sa table, dans son bureau. Je suis entré dans la pièce en titubant. Il m'a regardé approcher sans rien dire. Il semblait très calme.

« Verne, Verne, j'ai quelque chose à...

— Ce n'est pas nécessaire, m'a-t-il interrompu d'une voix blanche. Je sais tout, Alex. À propos de Petra et de toi. Je ne voulais pas y croire... Je ne savais plus où j'en étais... » Il a fait un signe en direction de la porte. « Emmetts sort d'ici, a-t-il poursuivi. Il m'a raconté le reste.

— Mais, Verne, tu ne comprends pas !

— J'ai tout compris, au contraire. Je vais la tuer, Alex. Tu m'entends ? » Il m'a considéré d'un air placide. Puis son regard s'est tourné vers la porte et un sourire a illuminé son visage. « Eh bien, bonsoir ! »

Je me suis retourné, lentement, en prenant appui sur le bureau. Quelque chose en moi s'est serré convulsivement, comme un poing, le poing brandi du désespoir, vide. Et soudain, j'ai compris comment cela allait finir.

C'était Petra. Elle portait toujours son pyjama déchiré et dans sa main crispée, qui ne tremblait pas, elle tenait son .32 automatique. Elle était debout, jambes écartées, dans l'embrasure de la porte, ses yeux noirs étincelant comme des perles de verre mouillées.

Chapitre vingt-quatre

« Eh bien, a fait Verne, nous voici à nouveau réunis. Enfin les personnages principaux ! Emmetts ne compte pas.

— Verne, ai-je commencé, crois-moi… » Les mots sont restés coincés dans ma bouche. Il ne la quittait pas des yeux.

« Tu as tué ma mère, a-t-il repris d'une voix posée. N'est-ce pas ?

— Exact, a-t-elle répondu. Et maintenant, c'est à ton tour. » Sa voix à elle était totalement hystérique.

« Je vois, a-t-il rétorqué sans sourire. Tu veux tout nettoyer, si je comprends bien, hein ! » Puis me jetant un coup d'œil rapide : « Tu as bien amoché ce brave Emmetts, Alex. Il n'était pas très content, c'est le moins qu'on puisse dire. Je crois qu'il serait venu quand même. Les gens commençaient à se douter de quelque chose. C'était trop louche. » Verne semblait presque serein, mais je n'étais pas dupe. À cause de son regard. « Tu t'es fait mal à la main en t'acharnant sur ce pauvre diable.

— Oui.

— C'est bien dommage pour toi. »

Le silence s'est installé, éternisé. C'est Verne qui l'a rompu : « Raconte-moi, Alex. »

Petra se tenait toujours sur le seuil, un demi-sourire aux lèvres. Je lui ai révélé ce que je savais, en essayant de lui faire comprendre ce que j'avais pu endurer.

« J'avais donc raison, à son sujet, a-t-il simplement observé quand j'ai eu fini mon récit.

— Oui, est intervenue Petra. Oui. Espèce de bon à rien ! vieux saoulard ! »

À chaque parole qu'elle prononçait, Verne se recroquevillait davantage, mais son expression demeurait inchangée. Pourtant, son regard se faisait de plus en plus menaçant. Un regard égaré, farouche, dément.

« Oui, a repris Petra d'une voix suave. Oui. Seulement tu ne sais pas tout. Toi non plus, Alex. » Elle n'avait pas bougé. Il me fallait tendre l'oreille pour la comprendre, tellement elle parlait doucement. Elle s'est penchée légèrement en avant, pistolet au poing, sûre d'elle. « J'ai attendu une année entière, Alex. Pour que tu te décides enfin à venir. J'ai fait tout ce qu'il fallait pour ça. J'avais tout prévu. Tout. »

La pluie tambourinait contre les vitres et s'abattait par rafales sur le toit.

« Tu étais le pigeon idéal, a-t-elle poursuivi. Verne m'avait parlé de toi. Un type honnête, digne de confiance, intègre. » Elle a éclaté de rire. « Il ne m'a pas fallu longtemps pour te faire craquer, hein ? »

Je l'écoutais, éberlué.

« Je veux le fric de Verne et je vais l'avoir. J'avais combiné le meurtre de la vieille, de même que j'ai planifié le vôtre. Parce que je vais vous tuer tous les deux. Tous les deux, vous m'entendez. »

Je n'ai pas bronché. Verne non plus.

« Je savais qu'à un moment ou un autre, tu viendrais trouver Verne, a-t-elle ajouté en se tournant vers moi. C'était inévitable. Ça t'a déjà pris suffisamment de temps, imbécile ! Ça t'a plu, hein ! C'était bon, non ?

— Je n'en doute pas, est intervenu Verne.

— Oui... On vous trouvera morts l'un et l'autre. On pensera que c'est toi qui as tiré sur Verne parce qu'il avait découvert ce qu'il y avait entre nous. Car, évidemment, il est jaloux, comme chacun sait. Donc, tu l'as tué... » Elle s'est tue un instant, puis ses lèvres ont repris leur mouvement. « Quant à moi, j'ai essayé de le sauver, mais il était trop tard. Sauf que dans la bagarre, toi, Alex, tu auras reçu une balle, qui, bien sûr, ne t'était pas destinée...

— Tu es complètement folle, l'ai-je coupée. Ça ne marchera jamais. Ils ne croiront jamais à ton histoire.

— Tu penses... Depuis le temps, Alex, tu as tout de même dû te rendre compte que je joue très bien la comédie.

— Et Emmetts, qu'en fais-tu ?

— Je m'occuperai de son cas, ne t'inquiète pas pour ça. Je sais comment lui clouer le bec.

— Il est peut-être trop tard, ai-je répliqué. Verne, dis quelque chose. Dis-lui que son plan est foireux. Elle ne s'en tirera pas comme ça.

— Ça vaut la peine d'essayer, répondit Verne.

— Je ne te le fais pas dire. Tu oublies que je suis une femme. Séduisante en plus. Je m'en tirerai, fais-moi confiance. » Elle a marqué une pause. « Alors, on commence par qui ? »

J'étais incapable du moindre mouvement. Il n'y avait rien à faire. Elle était sur le point d'appuyer sur la détente et elle avait l'air de savoir se servir de ce pistolet. J'ai regardé la petite gueule noire de l'arme se diriger sur Verne puis pivoter vers moi. Elle visait sans trembler, fermement, en souriant. J'ai vu les jointures de ses doigts blanchir légèrement sous l'effet de la pression.

Un coup de tonnerre a empli la pièce. Une longue explosion, soutenue, retentissante, monotone. Je me suis aplati sur le bureau, les yeux rivés sur Petra.

Lui échappant des mains, le pistolet est tombé à terre en spirale. Sa bouche s'est soudain changée en un trou béant d'où a jailli un flot de sang. Puis son œil droit s'est noyé dans une nappe écarlate.

Elle a fait trois pas dans la pièce en vacillant, les mains tendues. Un autre trou a surgi entre ses seins, puis la soie qui lui enserrait étroitement le ventre s'est éclaboussée de rouge. Sa jambe droite s'est pliée sous elle. L'espace d'un instant, elle a dansé comme une poupée folle, puis s'est effondrée à terre en une masse grotesque, un genou en l'air, les bras en avant comme pour embrasser le spectre de la mort, son dernier amant.

Lentement, je me suis tourné dans la direction de Verne. Il était toujours assis tranquillement derrière son bureau. Dans la main droite, il tenait un Colt. 45 de l'armée, d'où s'échappait encore un mince filet de fumée presque imperceptible.

« Je touche toujours ma cible, a-t-il dit. Même avec un pistolet minable. Tu te souviens, Alex ? »

Je n'ai pas reconnu ma voix, tandis que je répondais : « Oui, Verne. Je me souviens. »

Son regard n'avait pas quitté le corps de Petra affalé sur le sol. « Elle était vraiment belle. »

J'ai acquiescé.

« Mais physiquement seulement. Parce que en dedans, elle était pourrie. Pourrie. Je savais qu'on en arriverait là. Depuis que j'ai compris ce que vous fricotiez ensemble sous mon toit.

— Verne, je... »

Il a brusquement fait volte-face. « Sors d'ici, Alex ! Fiche le camp. Vite. Avant que je te descende, toi aussi. Fiche le camp, je te dis.

— Verne ! » ai-je hurlé.

Il s'est levé et a pointé sur moi la gueule de son Colt. Mon sang n'a fait qu'un tour. D'un bond, j'ai atteint la porte.

« Et surtout, ne reviens pas ! » a-t-il hurlé d'une voix stridente.

Une fois dehors, j'ai couru à travers la pelouse détrempée jusqu'à la route.

Le son d'un seul coup de feu m'est parvenu, étouffé, de la maison.

Je n'avais pas besoin d'aller voir. Ni de me l'entendre dire. Je savais que deux cadavres gisaient à présent dans le salon.

Fouetté par le vent, la pluie, j'ai poursuivi mon chemin en direction d'Allayne. Je marchais à grandes enjambées, puis je me suis remis à courir à travers les collines, entre les ombres des arbres se mouvant au ralenti.

C'était fini. Je savais qu'il me faudrait payer pour le rôle que j'avais joué dans cette histoire. D'abord, je devais aller trouver la police. Et puis retourner auprès de Madge. Retourner auprès de Madge. Il n'y avait que ça qui comptait.

Il restait donc un espoir. Sans espoir, comment continuer à vivre ? Parce que sans espoir, sans lendemain, à quoi bon aller plus loin ? Et l'on peut toujours aller plus loin, toujours au-delà, jusqu'au lendemain final. Alors seulement, il n'y a plus d'espoir.

Petra et Verne étaient morts. Je me suis demandé si Verne avait trouvé la paix avant de mourir. J'avais de la peine à croire que j'avais vécu ces longues journées d'enfer avec Petra. Elle n'était plus, mais il y aurait encore bien des lendemains avant que je puisse oublier.

Mais je me suis efforcé d'oublier. Et puis j'ai compris que j'y parviendrais. Parce que jamais plus je n'enverrais de lettre au 13 French Street.

Déjà disponibles :

1. **Ed McBain**, *Le caniveau pour tombe*
2. **Max Allan Collins**, *Un dernier pour la route*
3. **Domenic Stansberry**, *La confession* (Prix Edgar Allan Poe 2004)
4. **Gil Brewer**, *13 French Street*

Ed McBain

Le caniveau pour tombe – 1958

Traduit de l'américain par Benoît Berthezene
ISBN : 9782290000366 - 5,60 €

Matt Cordell, ex-détective, ex-mari, ne connaît plus que le trottoir, la biture bon marché et l'inévitable gueule de bois qui va avec. Et ce n'est pas une vulgaire affaire de vol qui y changera grand-chose. Mais quand les cadavres commencent à s'amonceler dans son vieux quartier, Matt sent qu'il n'a plus trop le choix, tout ex qu'il soit.

De son vrai nom Evan Hunter, Ed McBain est un grand monsieur du polar, à qui l'on doit entre autres la saga fleuve *87e District*. Il nous a quittés en 2005 en laissant derrière lui plus de cent romans et scénarios originaux, parmi lesquels *Les Oiseaux*, d'Alfred Hitchcock.

Domenic Stansberry

La confession – 2005

Traduit de l'américain par Benoît Domis
ISBN : 9782290004135 - 7,00 €

Jake Dancer a tout : une belle femme, une villa dans les collines de Californie et un poste haut placé de psychologue légiste. Mais il a aussi une maîtresse. Ou avait. Cause de la mort : asphyxie par strangulation. Arme du crime : la cravate de Jake. Aussi quand la police se pointe chez lui à la recherche du moindre indice, il doit prouver son innocence. Mais comment se disculper quand toutes les preuves matérielles vous accusent ?

Né en 1952, Domenic Stansberry a su renouveler le genre sans pour autant trahir les maîtres dont il s'inspire. Salué en 2004 par le prestigieux prix Edgar Allan Poe – le Goncourt du noir –, *La confession* propulse son auteur parmi ceux dont on n'a pas fini d'entendre parler.

8400

Composition Nord Compo
Achevé d'imprimer en France (La Flèche)
par Brodard et Taupin
le 9 mai 2007 - 41672.
Dépôt légal mai 2007
EAN : 9782290002353

Éditions J'ai lu
87, quai Panhard-et-Levassor, 75013 Paris
Diffusion France et étranger : Flammarion